**KEITAI
SHOUSETSU
BUNKO** SINCE 2009

野いちご

孤独な闇の中、
命懸けの恋に堕ちた。

n a k o .

◎ STARTS
スターツ出版株式会社

イラスト／架月七瀬

息をのむほど美しい彼は、
きっと何かを隠しながら生きている。
その闇（やみ）に触れたくなってしまうこの衝動は、
罪ですか……？

「俺の前から消えろ」
「なんで離れていかないんだ。おかしいだろ、俺と一緒
にいたって苦しいだけなのに」
「……俺、自分が思ってる以上にお前に依存してるみた
いだ」

ワケあり最強総長×孤独な美少女

嫌われたっていい。
それでも全部守ると誓うから。
お願い、そばにいさせて……。

contents.

予想外の純情	7
吐息の誘惑	47
心の形	87
近づきたい、近づけない。	113
心の侵入者	133
壊れはじめのキミ	143
冷えて、いつか消えていく。	163
絶対零度【蘭side】	179
溢れる想い	209
愛がはじまる。	229

スズラン	243
暗黒からの脱出	259
あとがき	288

予想外の純情

立ち止まることなく、ネオン街をフラついていた。

　不良じゃないけど、自分を悪く見せようと頑張っている。

　それってやっぱり、"変"だよね……？

　でもね、非現実的なことを求めていたの。

　怖がりだし、泣き虫だし、ドジ。

　そんな私が、不良に囲まれている生活を送っている。

　悪ぶってみせて、でも金髪は怖いから茶髪にしかできなかった髪が、少しだけ傷んでいた。

　現実なんか消えてしまえばいいのに。

　……そう思うようになったのは、中学生になったばかりのころ。

　汗水垂らして働くなんて"まっぴらごめん"な無職な父と、そんな父を支えていた真面目な母が離婚したのは、私が中学生になったばかりの時だった。

　女好きでギャンブル好き。人に手は出さないけど、イライラしてモノに当たる。キャンバスに怒り任せに描いた絵のような、そんなグチャグチャとした最低な父親だったってことしか記憶がない。

　私がいるから簡単には離婚できなかった母も、さすがに限界だったのか、私が寝ている間に父に離婚届へと印鑑を押させていた。

　その儀式が行われているのを、じつはひっそりと開いていた襖の隙間から見ていた私。

　父と離れ離れになるのは、ちょっとだけ寂しかった。

予想外の純情 ≫ 9

　あんな最低な父でも、自分とは血がつながっていたから。

　家から出ていく時に握った母の手が、あまりにも冷たく、その横顔がなんだか寂しそうで。

　親らしいことを何1つしてこなかった最低な父でも、母にとっては好きな人だったんだ。

　まだ幼さが残っていた私でも、母の気持ちが理解できてしまった。けれど、なんと言ってあげればいいかわからず、とにかく母には、できるだけ迷惑をかけずに生きていこうと決心した。

　けど。

　母子家庭となった私たちを待っていたのは、お金に困る日々で、現実の厳しさを知る。

　とにかく私を不自由させないために、必死になって働く母は、給料がいい夜の仕事を選んだ。

　朝に行動をはじめる私と、夜に行動をはじめる母。

　そんなの当たり前に、すれ違いが生まれるわけで、私が学校から帰ってきた時、母はもう仕事に行っている。

　寂しくないなんて言ったら嘘。でも、お母さんだって頑張っているんだから、文句なんか絶対に口に出してはいけない。

　そんな息が詰まる生活から解放してくれたのが、夜の世界だった。

　友達に誘われ、まだ未成年の私が大人の匂いがこびりつく夜のネオン街へと足を踏み入れる。

　なんだか悪いことしているみたい。でも、それはあまり

にも心地がよく、刺激に飢えていた私にとっては最高の瞬間だった。

　夜遊びを繰り返しても、まだ真面目さが抜けていない私は、ダメなことを悪いとは思っていない不良に憧れを抱いていた。

　夜の街灯に集まる虫みたいに、暗闇の中にある一筋の光を求めて好き勝手やっている不良たち。

　彼らを見ていると、ああ、なんだか自由だなと羨ましく思えて、いつしかそれは、ひどいくらいに憧れへと変わっていった。

　そんな憧れから、派手な世界へ足を踏み入れたはいいけど……ものすごく後悔しているのが現実。

　真面目だったあのころに戻ってしまいたい。

　でも、もう戻れないところまで来てしまった。

　深くかぶったフードで顔は隠せても、臆病な心までは隠せていないみたい。

　ネオン街は、大人の雰囲気を保ちながらも静かに荒れていた。

　酔っ払いの路上での寝込み。

　制御が効かなくなった若者たちの殴り合い。

　水商売の勧誘。

　相変わらず、夜の街には慣れない。慣れる気がしない。

　──だけど今、そんな世界に私は溺れてしまっている。

「ねぇ彩羽、あの人たちカッコよくない？」

いったい、いつまでネオン街を歩いていればいいのか。

心も体も、さ迷っていた時だった。

高校に入ってできた親友の愛原光花が、路地裏に身を潜めてタバコを吸っている男たちを見て心底楽しそうにはしゃいでいる。

光花は学校じゃ"高嶺の花"と呼ばれ、女の私から見てもきれいだ。

金髪にポニーテール。生まれ持った整った顔は、いつか人を惑わすだろう。

小さいころから親にかわいがられ育てられていた光花は、不自由しない生活に飽き飽きしていたようで、自ら刺激を求めて悪いことに手を伸ばしはじめた。

私とは正反対の環境で育ったのに、求めているものは私と一緒で、出会ったころから他人のようには思えなかった。

高校に上がって、同じクラスになった私たち。

中学から仲のよかった子とは高校も一緒だったが、クラスが別になり、次第に関わりもなくなっていく。

気がついた時には、もうすでにクラス内でいくつかグループができていて、あのころの私は人見知りが激しく、自分から話しかける勇気が持てなくて、どこのグループにも入ることができなかった。

そんな感じで高校生活を初っ端から出遅れた私は、お昼休みはいつも机に顔を伏せ、ぱっとしない学校生活を送っていた。

そんな私を見るに見かねてか、もともと面倒見のいい性

格の光花が話しかけてきたのは、高校生になって1週間が
たったころ。

　明るくクラスの中心にいる光花に話しかけられて最初は
驚いたけど、話していくうちに意気投合し、気がつけば、
いつも光花が隣にいてくれるようになった。

　明るく、笑顔が絶えない光花だけど、彼女だって人間だ。
悩みだってある。

　それを知ったのは、お昼休みに入り、教室から出ていっ
た光花が、もうすぐ授業がはじまる時間なのに戻ってこな
かった時だった。

　心配になった私が光花を探しに教室から出ると、光花は
日当たりが悪い廊下の端っこで、耳に当てたスマホに向
かって怒っていた。

　隠れる必要はなかったけれど、なぜか後ろめたい気持ち
になり、廊下の壁でできた死角に隠れながら光花の様子を
うかがう。

　すると、電話の内容がここまで聞こえてきて、親とケン
カしていることがわかった。

　電話の内容は、どうやら仕事の都合で今日は親が家に帰
れないとのこと。

　浮かない顔で電話を切った光花が早歩きでこっちに歩い
てきて慌てて背を向けようと思ったけれど、一瞬間に合わ
ず、目が合ってしまった。

「……笑っちゃうよね。娘の誕生日にも帰ってきてくれな
いなんてさ」

予想外の純情 >> 13

そう言って目を伏せた光花。

親が仕事で家に帰ってこない寂しい気持ちは、私には痛いくらいわかっていた。

話を聞いて光花に抱いた気持ちは、同情よりも共感のほうが強かった。

たったそれだけのことが、私たちの仲を深い海へと沈み込ませるように。

このことがキッカケで、私も光花に抱えている悩みを打ち明けるようになっていった。

きっと何があっても互いが互いの理解者で、この絆は誰にも引き裂けないものだと……そのくらい、私は光花を信用している。

学校が終わったあと、家に帰って仮眠を取り、何もかもリセットさせたスッキリとした頭で夜遊びを繰り返す私と光花。

警察の目を背けるために、まだ残っている幼さを隠すように、大人っぽい格好をして夜の街に溶け込む。

人通りの少ない路上を歩いている私たちに声をかけてくるのは、男も女も関係なく、自然にまわりに集まる人たちは、だいたい寂しさを抱えたまま大人の階段を上る、私たちと同じ未成年の男女たち。

名前も、通っている高校だって知らない。だけど、その一夜だけを全力で楽しむため、見ず知らずの私たちを後ろのバイクに乗せてくれたり、音割れしているゲームセンターで屯したり。

ここは、私に充実した毎日をくれる。

　だからやめられない。

　こんなこと言ったら、他人は指を差して笑うかもしれないけど……ここは私の居場所って本気で思う。

　でも１人だったら絶対夜遊びなんかできない私は、しょせん小心者。

　だから、どんなことがあっても堂々としている光花に、私は憧れを抱いている。

　だからといって、こんな環境に身を置いても、私はそんなふうにまわりに惑わされない、まっすぐな光花が好き。

　だから……。

「声かけてみる？」

　逆ナンなんて恥ずかしい。でもしょうがないじゃん。

　私だって光花みたいに、堂々としていたいもん。

　……光花とは対等な関係でいたいから。

「いいねー、彩羽攻めてんねー！　やっぱ男を手に入れるには自分から漁りにいかなきゃね」

　そんなきれいな顔しておいて、よく言うよ。

　漁らなくても、寄ってくるくせに。

　でもなぜか光花は、告白を一度も受け入れたことがない。

　追いかけられるより、追いかけたい。そんな恋愛に憧れを抱いているらしい。

　贅沢な悩みだよね。

　容姿が整っている人の悩みって、ほんと小さなことだと思うの。

予想外の純情 ≫ 15

　私なんて、髪の毛がすぐに乱れちゃうから茶髪を耳にかけ、童顔のせいで色気がないと言われ。

　おまけに背だって低いし、スタイルがいいわけじゃない。

　ちなみに彼氏いない歴＝年齢。

　まわりは彼とイチャイチャしているのに、私は友達の存在だけで満足しちゃっている。

　でも、それでも幸せだと思えるのは、不良が怖いとかなんだかんだ言いながら、みんながいい人だってことを知っているから。

　この世界に入って気づいた。

　純粋な気持ちがあるから、悪ぶってみたくなることを。

　人それぞれ悩みがあって、でもそれに潰されないように生きていかなくちゃいけない。そんな思いを抱えている人たちが優しくないわけがない。

　夜遊びで出会った人たちを見て、そう思う。

「ねぇ、君たち。さっきから俺らのこと見てるけど、もしかして惚れちゃった？」

　獲物は自分から寄ってきた。

　軽い口調に、ネオン街では珍しいシンプルな格好の２人組の男。

　１人は赤いフレームの伊達メガネをかけ、白いＴシャツの上から黒色のジャケットを羽織り、黒色のスキニーパンツをはき、格好はモノトーンで統一されている。

　もう１人の男は、目立つ金髪に白色のシャツを着て、ジー

パンをはいていた。

　さっきまで吸っていたタバコを地面に落として、靴先で踏む伊達メガネの男。

「自分たちから寄ってくるなんて……楽しませてくれるんでしょうね？」

　堂々とした態度で挑発する光花。

　男の"ひゅー！"と楽しげな口笛が、街の明かりでぼうっと照らされている空へ響いた。

「光花……本当についていくの……？」

　コソッと光花の耳元で尋ねる。

　ネオン街から離れて、薄暗い路地裏へ。

　男慣れしていない私は不安で不安でしょうがない。

　もともと家庭環境のせいで、父にいい思い出がないから男が苦手って理由もあるけど、特別仲のいい男友達もできたことがないし、自分から話しかける勇気もなかった。

　男に話しかけると、反射的にビクついてしまう自分がいるから情けない。

　それと私と仲よくしたがる男子は、だいたいが光花狙い。

　そんなんじゃ、青春したい年頃の私だってひねくれちゃうわけでして……。

　見ず知らずの不良と遊ぶ時だって、男がいると人見知りしてしまう私はいつだって空気のような存在。でもいい加減、恋までとはいかないけど、男慣れはしたいなって光花を見ているとつくづく思う。

「どうせ、このへんフラついててもつまんないじゃん。彩

予想外の純情 >> 17

羽ももうちょっと"遊ぶ"ことを学んだほうがいいよ」

　色っぽさ全開の光花が、そう言いながら1人の男の腕に手を絡めた。

　不信感を抱きながら2人の男に連れてこられた場所は、パッとしないカラオケ店。

　意外だった。もっと、下心丸出しの場所に連れてこられると思ったのに。

「彩羽は警戒しすぎだよ。そろそろこういうことにも慣れなきゃね」

　ホッと一息つく私に、大人な光花。

　光花は本当は遊び回りたいけど、男慣れしていない私に気をつかって、私がいる時はなるべく男を呼ばないようにしている。

　それに気づいていた。

　気づいていたけど、どうしても甘えてしまう。

　だからこれを機に、いい加減男慣れしようと思う。

　慣れたら、恋の1つや2つくらい、してみたい。

　……それにしても、こんなパッとしないカラオケ店、初めて見た。

　古びていて薄気味悪いし、部屋に入っていくのは柄の悪い連中ばかり。

「何、緊張してるの?」

　私の腰に馴れ馴れしく腕を回す金髪の男。

　少年のような大きくて丸い瞳をしているけど、その目の

奥は欲望を隠しきれずにギラギラ光っている。

　その瞳の奥を見た私は思う。

　"こういう男は苦手"だと。

「あの……あんまり触らないでほしい、です」

「かわいいね、男慣れしてないんだ？　好きだよ、そういう子」

　嘘つき。どうせ誰にでも言ってるんでしょ？　そういう甘い言葉。

　だから、むやみに相手にしないで、店員さんに言われた番号の部屋へ足を運んだ。

　乗り気じゃないと体は正直で、ボーッとしながらソファに腰を下ろした。

　歌は得意じゃないから、マイクを渡されても上手く光花の手に流す。

　光花はカラオケが大好きだ。

　そんな光花の声に合わせて手を叩くのが私の役目。

　光花が主役なら、私は確実に脇役だ。

　私のことを口説こうとした金髪の男だって、本当は光花を見ていた。

　でも、もう１人の男が光花のそばから離れようとしないから、仕方なく私に話しかけたんだと思う。

　いつだって"おまけ"なんだ、私は。

「ねぇ、お酒頼んじゃおうか？」

　カラオケ店に来て数時間がたった。

予想外の純情 ≫ 19

　私以外、喉を休ませることなく歌っているのにみんなまだまだ元気だ。

　早く帰りたい……。

　げっそりした顔で、男に言われたとおり店員さんにお酒を頼んだ。

　数分して鳴ったノック音と開かれたドア。

「お待たせしました」

　スラッとした長い脚が、部屋と外の境界線を突き破る。

　一瞬で目を奪われた。

　ここにいる誰よりもきれいな顔をした男が、グラスをテーブルに置く。

　傷みを知らない無造作にハネた黒い髪。

　一瞬でも気を許したら、何もかも吸い込んでしまいそうな鋭い目つきに、体の奥まで支配されてしまったような感覚に陥る。

　薄い赤のかかった唇は色っぽく、鼻筋は羨ましいくらいスッと通っている。身長は180cmくらいあると思う。

　だけど、どことなく儚げな男は、今まで出会ってきた誰よりも冷たい目をしていた。

「他にご注文は？」

　緊張感を煽る低い声。

　みんなが店員さんに見とれている間、ハッと我に返ったのは私だけ。

　光花たちはまだ夢から覚めていないみたい。

　口が開きっぱなしだ。

「いえ、もう大丈夫ですっ」

　手を横に振りながら慌てて言う。

　裏返った私の声に、くすりと笑う店員さん。

　静かにドキリと脈打つ心臓が、無駄に熱い。

　受付をしていた店長さんとは違う人だった。

　こんなにカッコいい人が、こんな"華"のないカラオケ店で働いているなんて……いろいろもったいない。

「何かありましたらお呼びください」

　店員さんはそう言って、さっさと部屋から出ていく。

　きれいな言葉づかいで話しながらも、その声は冷たくて、愛想があるのかないのかよくわからない。

　でも……やっぱりカッコいい。

　男の人にこんなにも見入ったのは初めてだ。

「……はっ、ああいう男って絶対女泣かせてるよな」

　置かれた酒を一気に飲んで、男が負け惜しみを言う。

「そうかなー？　でもカッコいいから一度は泣かされてみたいかも〜」

　冗談を言う光花は、持っていたマイクを置いてグラスに口づけ。

　きっと、光花だって本気で言ったわけじゃないのに。

「んだよ……あんな男がいいのかよ、光花ちゃん」

「きゃっ……！」

　──バシャッ。

　グラスに１滴も残らないほど、勢いよく光花に向けてかけられたお酒。

予想外の純情 >> 21

　鼻に不快感を与えるお酒の独特な匂いは、こっちまで漂ってきた。

「ちょっ……！　何すんのよっ！」

　いきなりお酒をかけられて、怒らない人なんていない。

　唖然とする私とは違って気の強い光花は、やり返そうと自分の持っているグラスを男に向けるけど。

「おっと。もう"子供"の遊びはおしまいだ。そろそろ"大人"の関係になりましょうか」

「「──ッ!?」」

　いきなり手を掴まれ、私も光花もソファに押し倒された。

　嘘でしょ……。

　だってさっきまであんな楽しそうにしていたのに、結局は"こういうこと"をするために声をかけたんだ。

　知らない男についていくのって、当たり前だけど危険がいっぱいで。

　でも、カラオケに連れてこられただけじゃ、ただのナンパだと思うじゃん。

　別にホテルに連れていかれたわけでもないんだし……。

　夜の街は人の理性の働きを鈍くさせる。

　ちょっとだけ飲んだお酒で、こんなにも酔いが回ってしまうなんて。

　見つめた男の顔が、ヘタクソな落書きみたいにグチャグチャだ。

「バカな女だな、お前ら。なんでこんな治安悪い街のカラオケ店選んだかわかんねーのかよ？」

「ここは男が女を連れ込むのに"最適"な場所だぜ？　ホテルより安いし、店員も呼ばねーと絶対に来ないし。お前らみたいな頭のネジが緩い女は、取って食われる場所さ」

　伊達メガネの男と金髪男がニヤニヤしながら言う。

　助けを呼びたい。

　だけど電話への距離も遠いし、部屋を覗く失礼な店員さんがいない限り、この状況から抜け出せない。

　ああ。やっぱり男なんて嫌いだよ。

　光花ってば見る目なさすぎ……。でも光花だけのせいじゃない。

　恋の１つや２つ、してみたいなんて。

　甘い夢を見てみたいと、らしくない世界へ飛び込もうとして男についていった私も悪いんだ。

　バカだよ、ほんと大バカ。

「自分のバカさ加減を、憎めよ」

　金髪男の、冷たい一言で胸の奥が凍る。

　そっと私の服の中に手を入れて、脱がせようとしている。

「──ちょっ、やめなさいよっ！」

　光花は抵抗するけど、私は怖すぎて抵抗する余裕さえ生まれない。

　怖い。怖い。助けて。

　ガチガチと震えが止まらない歯を食いしばり、ただただ救われることを願っていた。

　でも。

「もしかして泣いてる……？　ふっ、かわいいじゃん」

金髪男の薄っぺらい言葉に、さらに気持ち悪くなって吐いてしまいそうな勢い。

　もう助からないと諦めて、目をつむった時。

　——ガンッ!!

　いきなり上から降ってきた、衝撃音。

　聞こえてきた音のほうに全員が目を向けると、ドアが壊れそうな勢いで蹴られて開いていた。

「こんなところでおっぱじめてんじゃねーぞ!　クソガキどもが」

　ピリピリとした雰囲気を醸し出した店員さんが、ユラリと身を揺らしながら部屋へ足を踏み入れる。

　さっきとは打って変わって、言葉づかいも、顔の表情も違う。

　さっきは無表情だったのに、今は怒りに満ちた表情だ。

「なんだよあんた……っ!　何いきなり入ってきてんだよ!」

「そーだ!　俺ら別に何も頼んでねーぞ!!」

　襲おうとしている場面を見られて一丁前に焦りはじめる男２人は、"客"は神様だという態度で、威圧感のある店員さんに挑む。

　だけど。

「おい、そこの女」

　店員さんは男たちを無視して、私に顔を向ける。

　目が合って、ドクンッと脈打った。

　……なんで、私?

「はっ、はい」

「合意か？」

「……へっ？」

「この状況は合意かって聞いてんだ、さっさと答えろ」

　私の鈍さにイライラしたのか、勤務中っていうのにポケットからタバコを出して吸いはじめる店員さん。

　もしかして、助けてくれるのかな……？

「……嫌です」

「あ？」

「合意だなんて、ありえないですっ！　助けてください!!」

　"助けて"と、心から叫んだ。

　こんな人たちに純情を奪われるくらいなら、死んだほうがマシだと本気で思う。

　「「テメェ……！」」と、売られた男２人が声を合わせて私に怒りを向けた。

　あとで何かされるかもしれない。

　でも、今は助かることだけを考えたい。

　だから、怖いけど、勇気を出して助けを求めたの。

「……助けるなんて、柄じゃねーが」

　すると店員さんは突然、テーブルに置いてあった、酒が入っている瓶を、蓋を開けて男２人の頭に浴びせた。

　いきなりすぎる行動に、慌てはじめるのは男たちだけじゃない。

　私も、息をのむほど驚いた。

「つめたっ……！」

　　　　　　　　　　　　　　　　　　　予想外の純情 ▶▶ 25

「おいふざけんなっ！」
　ボタボタと、滝のように落ちてきた酒で、彼らの体がび
しょ濡れになる。
「襲わねーと女も食えねー男が、一丁前に酒なんか飲んで
んじゃねーよ」
「「……っ」」
「ガキが。いい男になってからまた来いや。そん時はちゃ
んと高い酒出してやるからよ、俺の奢りで」
　店員さんにフッと鼻で笑われて恥ずかしくなったのか、
男たちは「チッ」と舌打ちだけして逃げるように部屋から
出ていった。

　男２人相手に余裕な表情を浮かべる店員さん。
　助かった……と、ホッと一息ついていると。
「服直して、さっさと帰れ」
　そう言って酒の瓶を片づけはじめる店員さん。
　こういう場面に慣れているのか、たいして焦りもしない
彼に、ちょっとだけ疑問を抱く。
「あの……助けてくれて、ありがとうございました」
　恐怖でさっきは上手く出なかった声も、今は自然に出る。
　私よりも、最後まで男に抗っていた光花のほうが本当
は怖がっていたみたい。
　震えながら、ソファで寝転がったままだ。
「別に。ちょうど通りかかったら、でかい物音が聞こえて
気になっただけだ」

「あの、お名前は？」

「あ？　逆ナンか？」

「ちがっ……！」

「言っとくが、俺は高いぞ。お前じゃとても払えねぇ」

　ただ、助けてくれた正義のヒーロー様の名前だけでも知っておきたかっただけなのに、答えを濁された。

　何か、言いたくない事情でもあるのかな……。

「金は、受付にいる奴が逃げた男どもから取ってるだろう。だからさっさと帰れ」

　そう言って部屋の片づけを続ける店員さん。

　とりあえず、ペコリと浅いお辞儀だけして、光花の落ちつきが戻ったのを横目で確認する。怖い思いをしたあとだから、ここは店員さんの言うことを素直に聞き入れて部屋から出た。

　電話でタクシーを呼んで、数分がたつ。

　外に明かりなんか見当たらないから、運転手さんもやっとの思いで私たちの存在を見つけてタクシーを止めた。

　光花が乗り込んだのを確認して、運転手さんに「車を出してください」と声をかける。

「えっ、彩羽帰らないの？」

　まだ開いているドアから、光花の声が聞こえてきた。

「うん、やっぱりちゃんとあの人にお礼を言いたくて」

「まさか、お店の外で待っとくつもり？」

「うん」

「危ないよ！　さっきあんな目にあったのに、あんたって懲りないのね。もういいじゃん、私と帰ろう？」

「ごめん光花……私、やっぱり名前だけでも知りたくて。あんなひどい人たちから救ってくれたんだもん、絶対お礼しなくちゃ。終わったらちゃんとタクシー呼んで帰るから、安心してよ」

「……はあ……ちゃんとお礼しないと気がすまないなんて、あんたらしくていいとは思うけど、こういう時、めんどうよね、その性格」

「あはは……自分でも思います」

　"家についたらちゃんと連絡してね"と、最後まで心配してくれた光花が、私の頑固さに負けてタクシーを出した。

　タクシーは暗闇の中へと溶け込んで、消えていく。

　さすがにお店の中に戻るなんて、そんな勇気はなくて、お店の前でジッと彼が出てくるのを待っていた。

　外はクラクラしちゃうほど暑くて、汗が肌から滑り落ちていく。

　暇潰しにスマホをいじっていても、考えてしまうのは店員さんのことだけ。

　冷たい口調。冷たい瞳。冷たい態度。

　一見"優しさ"とは無縁そうな彼が、隠し持っている優しさに触れてみたいと思った。

　それから数時間がたち、スマホ画面には23時の文字が表示されている。

幸い、お母さんは夜勤でこの時間は家にいないし、明日は土曜日なので、学校がなくて心底ホッとした。

　いつになったら彼は現れてくれるのか。

　ついにスマホまで充電切れ。ウトウトしてきて、まぶたが重い。

　こんなところで眠るなんて、自殺行為かもしれない。

　だけど、人間は睡魔に勝てないの。

　いっそこの睡魔に身を任せてしまいたい、と思った時。

「お前……何やってんだ」

　視界に入ってきた、恐ろしいほど整った顔。

　バイトを終え、制服から私服に着替えた彼は、ちょっとだけ雰囲気が柔らかくなったような気がする。

「あ、の」

「……」

　どうしよう。

　彼を目の前にすると、どうしても言葉に詰まってしまう。

「待ってたのか？」

「あっ、はい」

「バカなのか？　もう用はねぇのに、待つ必要がどこにあんだよ」

「……」

「……本物のバカだな、お前。これ以上、俺になんの用があるって言うんだ」

　長い脚で歩き出す彼に、慌ててついていく。

　行き先がわからないのに追いかけるなんて、私ってばス

トーカーみたい。

「あの、ちゃんとお礼がしたくて」

「必要ない」

「でも、助けてもらったのに、このままじゃ悪い気がして」

「悪い気がするなら、もう二度とこの店に来るな。あと俺の目の前にも二度と現れるな、邪魔だ」

　簡単に突き放されて、泣いてしまいそう。

　冷たい人だとわかっていたけど、そこまで言わなくてもいいじゃん……。

「あ、のっ！」

　裏返った声で叫んだ。

　２人だけの世界には、寂しさだけが充満していた。

「あの……本当にありがとうございました」

「……」

「いくらお礼を言っても足りないくらいです」

「……」

「ただ、それだけ伝えたかったのでっ！　それじゃあ！」

　そう言って、彼が向かうのとは反対方向の駅へ歩き出す。

　地味な伝え方だったけど、ちゃんとお礼を言えてスッキリした。

　さっさと帰って１日の疲れを癒そうと、鼻歌交じりに歩いていると。

「お前……バカなのか？」

　──グイッと勢いよく腕を引っ張られて、驚いた。

　彼に背中を向けたはずなのに、その背中を追っかけてき

てくれたのは、さっきまで私に背中を見せていた彼のほう。
「お前、家はどこだ？」
　ため息交じりにそう聞かれ、恐る恐る「……××市です」
と答えたら、やっぱり呆れた顔をされた。
「くそ遠いじゃねーか。なんでこんなところにいるんだお
前」
「だって……連れてこられたから」
「どうやって帰るつもりだ。友達はどうした」
「友達はタクシーで帰ったんですけど、私は電車で……」
「この時間にお前みたいなガキが１人で歩いてたら、また
変な男に絡まれるぞ」
「えっと……」
「これだからガキは嫌いなんだ。知らねぇ奴に知らない場
所に連れてこられて、もっと警戒心持てよ。だからあんな
アホみたいなガキに襲われんだ、アホが」
　警戒心は持っていたつもり。
　私だって、ついていきたくてついていったわけじゃない
し、なんにも知らないくせに。
　反抗的な態度を少しでも表に出しちゃう私は、この人の
言うとおり、やっぱり子供なんだと思う。
「おい、ついてこい」
「えっ、でも」
「黙れ、知らねぇ男に襲われたくなかったら俺についてこ
い」
　今さっきまで、"知らねぇ男についていくな"的なこと

言っていたくせに。

　でも、なんとなくだけど、この人は安全だと、心の底から思ってしまう自分がいるからなんだか怖い。

　ほんとに冷たい人だったら、私を呼び止めたりなんかしないはず。

　口は冷たくても……心は温かいんだね。

「なに笑ってんだ」

「へへっ、なんでもないです」

「……変な奴だな、お前」

　私に歩幅を合わせてくれている彼が、無言の気まずささえも"圧"で消す。

　この人の隣は、雪解けの道で春風が肌を滑るみたいに居心地がいい。

　この時間がもっと続けばいいなんて思ってしまう私は、イケナイ子ですか？

「入れ、どうせもうすぐ朝だ。朝までならいさせてやるよ」

　連れてこられた場所は、古びた建物に取り囲まれ、ひっそりとたたずむマンション。

　エレベーターに乗ってやってきた、最上階の部屋。

「早く入れ」

「でも、あの……。だって、男の人の部屋に入るの初めてで……」

「いいから入れ。お前のその鈍さに、俺はさっきからイライラしてんだ」

「うわっ……！」

　軽く肩を押されて、乱暴に部屋の中に入れられた。

　優しいけど……乱暴。

　乱暴だけど……優しい。

　どっちが本物の彼なのか、よくわかんないや。

　「お邪魔します……」と靴を揃えて恐る恐る部屋の中に入ると、必要最低限の家具と衣服しかなかった。

　ソファに畳まれて置いてある服だけが、なんだか生活感を漂わせている。

「水しかねーけど」

「あっ、ありがとう。じゃあ、お願いします」

「ん」

　キッチンにある冷蔵庫を開く彼。

　見た感じは１人暮らし。

　私より少し年上に見えるけど、家族は一緒に住んでいないのかな？

　１人だと広くて快適そうな１ＤＫも、他人の私がいるだけで空気がギスギスしていて、なんだか息苦しい。

「これ飲んだら、ベッドで寝ろ」

　言いながら、冷えたお水が入ったコップを渡してきた。

　それを受け取って、一気に飲み干す。

「ベッドって……一緒に、ですか？」

「んなわけあるか。俺はソファで寝る」

「でも、ここはあなたの家だから。私がソファで寝ます。あっ、なんなら床でも大丈夫です」

正直眠れる気がしない。

今だってじつは……ものすごく心臓がバクバク鳴っているくらい。

いくら助けてもらったとはいえ、会ったばかりの人にホイホイついてきて、本当によかったんだろうか、とか。

今になって後悔しちゃうなんて。

つくづく自分のバカさ加減に呆れるよ……。

「ああ？　俺がいいっつってんだ。黙って従ってろ」

「そう言われましても……やっぱり遠慮がありますって」

「こっちはお前みたいなアホな女の面倒を最後まで見てやるっつってんだ。いちいち遠慮してんじゃねーよ」

彼は頭をかきながらタバコを吸いはじめた。

ベッドのほうを見ると、シーツが乱れたままで直されていない。

寝るためだけにある部屋なのかもしれない。そんな印象を感じた。

「ベッドは好きに使え……つっても、"ヤラシイ"ことには使うなよ」

「なっ……なんですかヤラシイことって！」

「あ？　そりゃあ、お前……布団の匂い嗅ぐとかだよ」

「そんなことしませんよっ！　私は犬ですか!?」

「鳴け、ポチ」

「だから犬じゃありませんって！」

私よりずっと大人に見えていた彼が見せる、かわいい一面。さっきまで緊張していたのに、砕けた会話で少し落ち

ついてきた。

　もしかして変に緊張している私に、気をつかってくれたのかな……？

「さっさと寝て帰れ」

　……なわけないか。完全に邪魔者扱いされてますし。

　他人が自分の家にいることが落ちつかないのか、それとも毎日そうなのか、彼はタバコを何本も吸う。

　それは、私がいようと関係ない。

　私がベッドに潜り込むのを確認して、彼は電気を消した。

　"おやすみ"の一言もくれなかった。

　そりゃあ他人だもん、しかも会ったばっかりの人間なんて、不審者扱いされてもおかしくない。

　でも少しだけ……ほんとに少しだけ寂しいと思ってしまうのが本音。

　何回も寝返った。

　彼のベッドは軋む音を立てるばかりで、私を励ましてはくれない。

　ふと思い出す、カラオケでのこと。

　男に襲われそうになった時も、こんなふうに不気味な暗さだった。

　──ツゥ……っと、何かが私の頬から滑り落ちる。

　……やばい。

　あの時の恐怖が蘇ってきた。

　男のいやらしい目、声、手つき。

　すべてが気持ち悪くて仕方がなかった。

予想外の純情 >> 35

　きっと彼が助けてくれなかったら、今ごろ私は……。
「っ……っ……」
　声を押し殺して泣いた。
　枕に顔を押しつけても、どうしても涙が溢れてきて。
「あの、……一緒に寝てください」
　気づけばソファで、長い脚がはみ出ていてもお構いなし
に寝そべっている彼の前に立っていた。
「バカ言ってんじゃねー……1人で寝ろ」
「でも怖くて」
「男と寝るほうがよっぽど怖いだろ、手ぇ出すかもしれねー
だろ」
　たしかに、知らない男に触られることほど気持ち悪いも
のはない。だけど、怖い思いをしたその日に、1人で寝ろ
なんて。
　それはそれで嫌なの。
　それに。
「あなたなら絶対に手を出さないと……思うから」
　謎の安心感があった。
　心底どうでもよさそうに私を見つめる彼が、私なんかを
襲うはずがない、と。
「会った時から、めんどくさい女だな、お前は」
　ふぅ、とため息をつかれて、どうしようもない気持ちに
なる。
　立ち上がった彼が、私の背中を軽く押してベッドに移動
させた。

——そして。

「いいか、絶対俺のほうを向いて寝るなよ。いいな？」

「はっ、はい！」

　私は今、この人と2人でベッドの中にいる。

　少しでも動いたら体と体がぶつかりそうな距離。

　聞こえてくる不満そうな吐息。

　感じる彼の匂い。

　頭がおかしくなりそうなくらい、彼を意識している自分がいた。

　これはこれで眠れないかも。

「あのっ」

「寝ろ」

「あっ……でも、名前だけ聞きたくて」

「今この状況で名前を聞く必要がどこにあんだよ。お前は空気が読めない奴だな」

「でも……助けてくれた恩人の名前もわからないなんて、嫌です。だから教えてください」

　めんどくさい女だと思われてもいい。

　これっきりの関係にしたくないから。

「……蘭」

「蘭？」

「名前」

「……苗字は？」

「チッ……そこまで聞いてどうすんだよ。百目鬼だ、百目鬼」

「百目鬼……蘭さん？　いいお名前ですね、ついでに年齢

予想外の純情 **》》** 37

も教えてください」

「……17」

「17歳!? 嘘っ! 私と同じ年!?」

　絶対に向いちゃいけないのに、驚きすぎて体を蘭さんの
ほうに向けてしまった。

　最初にした約束を破られた蘭さんは、怒って私の頬を強
く押しながら、反対側にまた向かせた。

　見えない。20歳ぐらいだと思っていた……。

　だって私とは違って、落ちついているんだもん。

「こっち向くなアホ、お前の顔を見ながら寝るとか最悪だ」

「そこまで言わなくても……」

「つかお前ほんとに17か？　どう見ても中学生にしか見え
ねーな」

「……よく言われます」

「でっ？」

「はい？」

「俺も答えたんだ、次はお前が名乗れ」

「木実彩羽。17歳、高校２年生。好きな食べ物はハンバー
グで、嫌いな食べ物は……」

「そこまで聞いてねぇよ」

　私のこと知ってもらいたくて、いらない情報まで教え
ちゃった。

　少しでも私に興味を持ってくれるといいんだけど。

「つか、同い年なら敬語いらねーよ」

「えっ!?」

「……？　何をそんなに驚く必要があるんだ」

「だっ……だって」

　さっきまで大人の人だと思っていたんだもん。

　それにあんまり男子と会話したことないから、自然に敬語になっちゃうっていうか。

　いや、でもせっかく蘭さんがそう言ってくれているんだし、お言葉に甘えようかな。

「えっと、蘭くん？」

「"くん"に違和感しかないが、まあいい」

「男子とこんなに長く喋ったの初めて……」

「だろうな。見るからに男慣れしてなさそうだ。つか、いい加減寝ろよ」

「寝られそうにないや、どうしよう」

「お前の睡眠の責任まで取れるわけねーだろ」

「じゃあ、もうちょっとだけお喋りしよ？」

「いい加減にしろ、俺は疲れてるんだ」

　たしかに、バイト終わりで疲れている蘭くんを寝かせないなんて、私ってばなかなかのひどい奴だ。

　そんな私に呆れたのか、蘭くんは何も言わずにドアを思いっきり開けて部屋から出ていってしまった。

　……調子に乗りすぎたのかも。

　でも同い年だったってことがうれしくて、ついついお喋りになっちゃった。

　蘭くんが寝ていたスペースに残る、温もり。

　乱れたシーツを整えて、ちょっとだけ彼が寝ていた場所

に寝転がってみると。

「——おい、ホットミルク入れてきたぞ。これ飲んで寝ろ」

「わっ!?」

「……あ?」

　物音も立てずに現れた蘭くんに驚いて起き上がった勢いで、ドテーン! とベッドから落ちてしまった。

　うう、恥ずかしい。

「何やってんだ、お前」

「ごめんなさい、本当にごめんなさい」

「……?　だから何がだよ」

　ベッドに残っていた蘭くんの温もりを肌で感じていた、なんて言えるわけなく。

　聞かれても絶対に答えられないから、ただただ涙目になりながら黙った。

「まあ、どうでもいいけど。ほら、これ飲め」

「ありがとう……蘭くん優しいね」

「バカ言うな。お前がうるさくてしょうがねぇから、さっさと寝てほしいだけだ」

　床に座り込んだまま、渡されたカップを受け取る。

　ホットミルクの湯気から香る、いい匂い。

「ねぇ蘭くん、私ね」

　出会ったばかりなのに、もう他人じゃいられなくなるくらい、自分のことを知ってもらいたくて、次々と口をついて出た言葉は、私が体験してきた決してきれいじゃない過去のお話。

「父と母が離婚して、それからお母さんと2人きりでやってきて。……だけど」

　それから、私はぽつりぽつりと話しはじめた。

　結局はいつも1人のような気がしたこと。

　少しでも稼ぐため、母は休みの日だって出勤することだってあるし、たまの休みでさえ疲れて眠っていること。

　ここ数ヶ月、母の起きている顔をまともに見てない気がすること。

　私だって高校生だからバイトしてもいいよって言ったのに、離婚した罪悪感からか、『お母さんが働くから、あんたは今しかできない青春を楽しんでなさい』って意地を張られちゃったこと。

　何がしたいとか、夢とか今はそんなのなくて、ただ1人になりたくない、空っぽの時間を何かで埋めたい、その空白を夜遊びでしか埋められないこと。

　夜遊びしている時だけが、母親に反抗しているみたいで、本当の親子になれている気がするんだ。

「……言いたいことは、それだけか？」

　長々と話していて彼の言葉にハッと我に返るけど、もう遅い。

　恥ずかしくて、上手く見れない彼の顔になんて問いかければいいのか。

　誰かに聞いてもらいたかった？　ううん、何も知らない彼だから、知ってほしかったのかもしれない。

「ごめんね、興味ないことベラベラと喋って」

もう寝よう。

そう言おうとした時。

「お前もお前の母親も……互いのことを大切にし合ってるんだな」

予想もしなかった彼の言葉に、目を見開く。

「1人になりたくないからって、お母さんに内緒で夜遊びする娘のどこが、母親を大切にしてるの？」

バレたら、きっと……お母さんは自分自身を責めるんだろう。

今だって、知らない男の部屋で過ごして。

他所の家庭だったら今ごろ大騒ぎになって、深夜なんか関係なく探し回って、見つけたら子供を怒る、それが普通なんだと思う。

「何？　お前もしかして母親に怒られたいのか？」

さっきから私より先に私の心情を読み取る蘭くんに、心は揺れ動いてばかりだ。

「……私が、怒られたい？」

「そうとしか聞こえないぞ」

「そうなの？　お母さんの前では、いい子でいたいつもりなんだけど……？」

「俺には気を引きたいようにしか見えないんだが？」

甘えたい気持ちを、ずっと押し殺していた。

子供でいたい、ずっと子供のままでいたいからこそ、ダメだとわかっている悪いことに手を伸ばしたくなる。

そんな単純なことを、さっき出会ったばかりの人に教え

られるなんて。

「蘭くんって、すごいね」

「それならお前もすごいんじゃねーか？　女のくせにいろんなことに耐えてきて、根性あんじゃねーか」

　カーテンの隙間から漏れた月の光で、部屋全体が薄暗い。

　でもそのおかげで、ぶっきらぼうに私を慰める彼の横顔が優しく見えて、心が何かで満たされたような気がした。

　今までの不満を全部出しきって安心したせいかな。

　突然襲ってくる睡魔にカクンカクン……と、頭を無意識に揺らしていると。

「最後まで世話が焼ける奴だ……」

　呆れたように言いながらも、優しい声にすべてを預けた。

　薄れた意識の中でお姫様抱っこされ、そのままベッドに下ろされる。

　間もなく眠りに落ちた私は、不思議な夢を見た。

　私の小指につながれている赤い糸が誰かの小指にもつながれていて、その人の顔ははっきりとは見えなかったけど……。

　期待したのは1つだけ。

　相手が蘭くんだったらいいな、なんて。

　──チュンチュンと、目覚ましがわりに聞こえる小鳥の声で目が覚めた。

　締めきったカーテンのせいで、太陽の光を浴びることができない。

　　　　　　　　　　　　　　　　　　　　　予想外の純情 **》 43**

「ふあ～、よく寝た～」

　目を擦りながら、アクビ一発。

　寝ぼけていたせいで、完全に油断していた。

「おい」

　すぐ近くから聞こえてきた低い声に、思わず肩がビクッ
と揺れる。

　振り返ると、目の前にある蘭くんの体。

「ごっ、ごめん！」

　わざとじゃないから、すぐに離れた。

　蘭くんは不機嫌そうにベッドから起き上がる。

「お前のヨダレで、俺の服はびしょびしょだ」

「え!?　嘘、恥ずかしい！」

「お前な……恥ずかしがる前に謝れよ」

「ご、ごめんなさい」

　朝から蘭くんの機嫌を損ねてしまった。

　ただでさえ、助けてもらってばかりでいいところを見せ
られていないのに。

「蘭くんほんとにごめんねっ！」

　キッチンのほうに足を進める蘭くんを追いかけながら、
ひたすら謝る。

「……こんなめんどくさい女に会ったのは初めてだ。お前
のせいで俺は寝不足だ」

「へへっ……あの、私はよく眠れたよ？　泊めてくれて本
当にありがとう」

「お前のことは聞いてねーよ」

コツンと軽くおでこを小突かれて、怒られているのにと
きめいてしまう私は、全然反省してない。
「あっ、じゃあそろそろ帰ろうかな」
　これ以上、マイナスな行動をして蘭くんに嫌われたくな
いから、そう言って玄関のほうに体を向ける。
　でも。
「飯、食ってけ。こうなったら最後まで面倒見てやる」
　いつの間にかテーブルの上に用意されている、少しだけ
焦げた食パン。
　蘭くんのだけじゃなくて、私の分まである。
　うれしすぎて言葉が喉に引っかかっちゃった。
「……いいの？」
「お前の腹の音で眠れなかったんだ、逆にこれ食って責任
取れよ」
「嘘……お腹そんなに鳴ってたの？」
「ああ、ヨダレ垂らすわ、腹は鳴るわ、お前どんだけ色気ねー
んだよ」
「ううっ、いただきます」
　情けなくて泣きそうになりながら食パンをかじる。
　焦げている食パンは苦いはずなのに、なぜかしょっぱい。
　会話もないまま、テーブルで向かい合いながら2人で
黙々とパンを食べ続け、数分がたつ。
「ごちそうさまでした」
　手を合わせながら蘭くんに向けて言うと。
「よし、そのまま帰れ」

予想外の純情 **》** 45

　蘭くんが指さすほうは玄関。

　あれ？　少しだけ心を開いてくれたと思ったんだけど気のせいだったのかな？

「あっ、じゃあ帰ります。あの、蘭くんありがとう」

「二度と俺にその顔見せんな」

「……そこまで言わなくても」

「ほら、さっさと帰れ」

　簡単に突き放され、一気にテンションが下がってしまう。

　玄関で揃えてある靴を、わざとゆっくり履いても、彼が見送りに来てくれることはなかった。

「お邪魔しました」

　嫌々、彼の部屋から出た。

　会ったばかりの私たちがほんの少しの時間で、グッと距離が縮まったのかと思ったのに、それは私の勘違いだったのかも。

　1人で浮かれていた、恥ずかしい。

　本当は帰る前に連絡先を聞いて、友達になりたかったのになぁ。

「うーん……なんかなー」

　ボソッと呟きながら乗ったエレベーターは、私のテンションに合わせて下へ下へと降りていく。

　おかしな関係。

　出会ったばかりの男の人の部屋に、一夜だけ泊めてもらうなんて、犯罪臭い。

　蘭くんのことを知りたかった、もっと知りたかったのに、

これ以上は踏み込めない、踏み込んだらきっと、すべてが終わってしまうような気がした。

　朝独特の光を浴びながら、寂しさを残したまま自分の家に帰った。

吐息の誘惑

たった一晩だったけれど、私の過去を聞いてくれて、励ましてくれた。

　本当はすごく優しいのに、どうして彼が冷たい目をしているのか気になって仕方ない。

　また会いたいと願ってしまうのは……なぜだろう？

「今日も雨、降るのかな」

　教室の窓から見つめた、どんよりと暗い曇り空。

　しかも、梅雨時みたいなジメジメ感が汗を温くする。

　びしゃびしゃと運動場にできた水溜まりは、涙を堪えているように見えて憂鬱だ。

　今はやんでいるけれど、ここのところ雨が続いている。

　蘭くんと出会った日から、今日で１ヶ月。

　あの日から蘭くんとの関係は進むどころか、その姿すら見かけていない。

　男に襲われそうになって、いろいろと危険を学んだ私と光花は、あの日以来２人でネオン街に行っていない。

　でも、もう一度蘭くんに会いたくて、この前のカラオケの近くまで１人で行ったけど……シフトに入っていないのか全然会えない。

　本当に終わってしまった、一夜限りの関係。

　子供にしては濃い、大人にしては浅い。

　そんな、関係すらはじまっていない一夜だったのかもしれない。

放課後、泣いてばかりの空が嘘みたいに明るく笑う。
「どうする？　雨だから諦めてたケーキ屋でも行く？」
　机に教科書を入れたまま持って帰る気ゼロの光花が、見るからに軽いカバンを持ちながら言う。
「うん！　どうせ帰っても暇だし、行きたいなー」
　お母さんは仕事で夜まで帰ってこないし、1人でいると、暇すぎて死んじゃう。
　お母さんは、今日も仕事。
　だから"早く帰ってきて"なんて、口が裂けてもそんなワガママ言えない。
　お母さんが私のために働いてくれていることくらいわかっているから、構ってもらえなくたって、そこにはちゃんと愛があることくらい知っている。
　唯一私の家庭環境を光花は知っているから、暇があるだけ隣にいてくれるし、光花にはほんと……感謝してもしきれないよ。
　寂しくないのは光花のおかげ。
　生きていけているのはお母さんのおかげだよ。

「まずかったら絶対文句言ってやるわっ」
「でもあそこのケーキ、おいしいって評判だよ？」
「私の舌は一般人と違って肥えてますから」
「あはは、光花はお嬢様だから、たしかにおいしいものしか受けつけなさそう」
　学校から出て数分歩いたら、人混みで溶かされてしまい

そうなほどの賑やかな街についた。

　赤信号で立ち止まる人に紛れて、光花とくだらない会話
をしていたら。

「あっ」

　鼻の先に落ちてきた水滴が勢い余って弾け飛ぶ。

　顔を上に向けると、いつの間にか黒い雲が不気味に空を
支配していた。

「……今日はケーキ、無理そうね。諦めて雨が降る前に帰
ろうか」

　今すぐにでも泣き出してしまいそうな空を見上げて、残
念そうにため息をつく光花。

「そうだね、また今度にしよっか。それじゃあ光花、私こっ
ちのほうから帰るね」

　本当は雨が降っていても行きたいけど、私のワガママに
光花を付き合わせるわけにもいかないから、残念だけど、
今回は諦めるしかないや。

「うん、気をつけて帰りなさいよ～」

「光花もね！　風邪引いて学校休まないでよー！」

「私は雨ごときで風邪なんか引かないわよっ！　じゃあ
ね！」

　光花とバイバイして、雨が降る前に帰ろうと思ったのも
束の間。

　――ピチョ……ピチョ……ザァー……。

　静かな音から大きな音へ。

吐息の誘惑 >> 51

　雨が突然、勢いよく降り出した。
「うわっ……最悪」
　雨を避けられるところはないかと、あたりを見回す。
「ちょっとだけ、ここで雨宿りさせてもらおうかな」
　年季の入った駄菓子屋さんの外で、屋根だけ借りて1人
ポツンと雨宿り。
　すぐ近くにある男子校からやってくる生徒たちは、雨さ
え楽しんで泥だらけになっていた。
　いいなぁ、楽しそう。
　私は雨嫌いだから、あんなふうには楽しめないや。
　雨で濡れた制服が、自分の体温でいい具合に温まってき
た時。
「──おい」
　うつむいた私の前に現れた低い声に、顔を上げる。
「らっ、蘭くん!?」
「何してんだ？　こんなところで」
　会いたいと思っていた人が、今、目の前にいる。
　夢じゃないかとすぐに疑ってしまった。
　だって、だって、ずっと会えなかったのに、こんな偶然
また会えるなんて。
「あっ、蘭くん久しぶり！　え……っと！　ほら雨降って
るから雨宿りっ」
　緊張して声が裏返ってしまう。平常心ではいられない。
　だって白いシャツのボタンを全開にし、黒いTシャツを
出して着崩している学生服を着た蘭くんがカッコよすぎる

んだもん。

「ふーん……まあどうでもいいけど」

「蘭くんはなんでこんなところに？」

「すぐ近くの学校に通ってんだよ」

「あー……男子校通いなんだ、蘭くん！」

「まあな」

　こんな近くの学校に通っていたなんて……！　もっと早く気づきたかった。

「つか、お前……」

「へっ？」

「……チッ」

　眉間にシワを寄せた蘭くんが、急に不機嫌に。

　舌打ちされて思わず後ずさり。

　私、何か蘭くんに悪いことしちゃったのかな？と、ビクビク怯えながら彼を見ると……。

　──フワッ。

　蘭くんが今さっきまで着ていた学ランを、肩にかけられた。

　突然の蘭くんの匂いと温もりに、ドキドキしすぎて心臓が止まってしまいそう。

「蘭くんこれって……」

「体冷やすだろ、着てろ」

「でも……それじゃあ蘭くんが寒いんじゃないの？」

「俺は男だから大丈夫だ。つか、せっかく貸してやってんだから風邪引くなよ」

吐息の誘惑 >> 53

　男らしい言葉を言い残しながら私に背中を見せ歩き出す
蘭くんに、お礼を言う暇もなく。
「あっ、蘭くん！　あとで返すね！」
　追いかける勇気が出ないから、大きな声で彼の背中に向
けて言う。
　でも……蘭くんからの返事はなかった。
「はあ……」
　蘭くんに一度もいいところを見せていない気がする。
　それどころか、見られるのはいつも悪いところばかり。
　そんな私を蘭くんはどう思っているのか。
　聞きたくても、聞けない。
　きっと聞いても答えてくれないと思うけど……。
　大雨から小雨に変わった瞬間に急いで帰りながら、なか
なか縮まらない関係をどうにかしたいと思った。
　私の悩みと雨の雫は、尽きるどころか、どんどん大きく
なっていく一方だった。

　それから1週間。
　放課後に蘭くんの学校の近くに行っても、待ち伏せして
いても、彼の姿は見当たらない。
　学校……あんまり行っていないのかな？
　蘭くん、不良っぽいし、高校生なのに深夜にバイトして
いたし、おまけにタバコも吸っていた。
「しょうがない、家に行ってみようかな」
　一度だけ行ったことがある、蘭くんの家。

その方向へ足を向けるのに、ちょっと躊躇したけれど、蘭くんの学ランが入っている紙袋をしっかりと持って、電車に乗って少し離れた街まで来た。

本当は返したくない。

だって、これを返したら蘭くんとのつながりがまた消えちゃうから……。

でも、そんなの私の勝手なワガママ。

学校帰りに直行し、蘭くんの学校の校門前で待っていた時の空はまだ明るかったのに、ボーッとしていたせいで気づかなかったけど、立ちっぱなしの状態で2時間ぐらいはたっていたと思う。

ふいに空を見上げると、あたりは暗くなっていた。

それから焦って蘭くんの家に足を進め、今に至る。

お店から漏れた明かりが街をキラキラと輝かせて、私たちの住んでいる街とは少し違う……ここは大人の世界だ。

さすがに、この街に再び足を踏み入れるのには抵抗があった。

ナンパされて、賑やかさも華やかさもない "裏の世界" に連れてこられて、そこにあったカラオケ店で襲われそうになって……。

思い返すと、苦い思い出。

でも、そこで蘭くんと出会ったんだ。

優しくて、強くて、でも決して心を開いてくれない蘭くんに。

いったい彼は、どうやってこの "世界" で生きてきたん

だろう。

　知りたくて、近づきたくて、もう少しで蘭くんの家につきそうなところで、運がいいのか悪いのか、薄暗い路地裏で、人が壁にもたれて倒れていた。

　酔っ払い……？

　暗くてよく見えないけど、少しだけ傷を負っている男。

　何か事件だったら嫌だな……と、そのまま素通りしようとした。

　──けど。

「えっ……、蘭くん？」

　倒れている男の顔に、見覚えしかない。

　これは罠なのか。

　これは夢なのか。

　これは現実なのか。

　これまで会った時とは雰囲気が違う彼に、試されているような気がした。

　そして確定する。

　彼がとんでもなく危ない人間だってことが。

　倒れているのは蘭くんだけじゃない。

　暗がりに目をこらすと、蘭くんのまわりには結構な人数の男が倒れていたんだ。

　しかも、その中で一番ケガが軽そうなのが蘭くん。

　ちょっと見たところ、顔にはアザや傷があるけれど、服はあまり乱れていない。

　倒れている男たちはみんな同じ色の特攻服を着ているの

に……蘭くんだけは着ていない。

　つまり、蘭くんは１人でこの人数の男の相手をしたってこと？

　——彼はいったい何者なのか。

　怖さに思わず声をかけることすら戸惑ったけど、勇気を出して彼の前でしゃがみ込む。

「蘭、くん」

「……」

「蘭くん大丈夫……？　ねぇ、蘭くん」

　何度名前を呼んでも、応答がない。

　きれいな顔をして眠る彼は——まるで眠り姫ならぬ眠り王子。

　おとぎ話という空想の中で作りあげられたような、そんな異次元の美しさを持っている。

「どうしよう……えっと、救急車は……」

　女１人の力で、この状況をどうにかすることなんてできない。

　だけど、意識を失っている人たちを見ると、どうしてもほっとくわけにもいかず、とりあえずスマホで救急車を呼び、傷が浅い蘭くんはすぐ近くの家まで連れていくことにした。

「んしょ……」

　意識のない蘭くんの腕を私の肩に回す。

　さすが男の人。

　ほっそりして見えて、けっこう体重がある。

吐息の誘惑 >> 57

　蘭くんはわずかに意識があるようで、肩を貸したらゆっくりと歩きはじめてくれた。

　歩きはじめて30分後、マンションについた。
　とにかく早く蘭くんの看病をしたくて、恐る恐る彼のズボンのポケットに手を入れ、運よく鍵を見つけた。
　最初は許可なく上がっていいのか躊躇ったけど、それを鍵穴に差し込んでドアを開けた。
「……お邪魔します」
　彼の家に足を踏み入れるのは、これで二度目。
　まさかこんな形でまた来ることになるなんて……。
　緊張で唾を飲む喉の音が止まらない。
　黒色のベッドに、彼を寝かせるのにも一苦労。
　やっと蘭くんの全体重から解放された。
　一丁前に彼を助けたのはいいけど……。私はこれから何をすればいいのか。
　看病って言ったって、人様の家のものを勝手に使うわけにもいかないし、目線を彼だけに集中させる。
　ベッドに横になっているけど、薄く開いた目が眠ることを拒み、痛みに耐えているのか苦しそうに何度も深呼吸している蘭くん。
　きれいな蘭くんの顔に思わず顔が赤く染まる。
　見つめたら触れたくなる。
　でも触れたら最後……息もできないくらい、彼に全部が奪われてしまいそう。

「……っ……」

　そっと目を開ける蘭くん。

　驚きながらも、無意識に蘭くんの頬に自分の手を当てていた。

「……なぜ、お前がここにいる」

　ベッドから体を乱暴に起こす蘭くん。

「蘭くんが、あの。蘭くんにこれっ、学ランを返そうと思って。それで」

　学ランの入っている紙袋を差し出しながら、動揺しすぎて噛みまくり。

　ずっと会いたかったのに、いざ目の前にすると、うろたえてしまう。

「……それ、置いて出ていけよ」

　そう苦しげに言って、目を閉じながらタバコを吸いはじめる蘭くん。

　素直に紙袋はサイドテーブルに置いた。

　でも帰るつもりはない。

「そんな傷……見せられて帰れるわけないじゃん」

「お前には関係ないだろ」

「あるよ……っ！」

「……あ？」

「だって私……っ！」

　本当に心配したんだもん、放っておくことなんてできないよ。

「とにかく、蘭くんの傷の手当をしたら帰るから……ね？」

別に彼女気取りをしているつもりはないけど、蘭くんの不満げな表情を見ると、たいして仲よくもない女に、ここまで世話を焼かれるなんて……ムカつくことだと思う。

　でも本当に心配だから、私は蘭くんが怖い顔したって絶対に逃げないよ。

　いつまでたっても素直にならない蘭くんが、ため息をつきながらベッドに再び寝転がった。

　この気まずい空気の中で"何があったの？"なんて、ケガのことを聞けるほどの勇気は出ないから、お互い数分間だけ黙っていると。

「お前、飯作れんのか？」

　横向けに眠っている蘭くんが、頭を私のほうに向けながら、そう聞いてきた。

「あっ、少しなら！」

「……お前、俺の看病するとか言って、傷の手当すらしてねーじゃねーか」

「じゃ、じゃあ！　傷の手当したら急いでご飯作るね！」

「早くしろ」

「うんっ！」

　言葉は乱暴だけど、蘭くんにとっては精一杯の素直さだと思う。

　なんだか頼られているような気がして、無意識に浮かれてしまった。

　「蘭くん、救急箱ある？」と聞いたら、「そんなもん俺の家にねーよ」と言われ。

これじゃあ傷の手当なんて、まともにできない。

仕方がないから水につけて絞ったタオルで傷口を拭いて、いつも持ち歩いている絆創膏をカバンの中から出して蘭くんに貼った。

「絆創膏とか、お前ダサすぎだろ」

文句を言いながら、さっそく剥がそうとする蘭くんの手を軽く叩く。

「もう蘭くんってばいい加減にしてよ。こっちは本気で心配してるんだから、1日くらい我慢しなさい」

「……何が"しなさい"だよ。年上ぶってんじゃねーよ、同い年だろ」

「別に年上ぶってないよ。蘭くんが子供すぎるんだよ」

「……言うじゃねーか」

最初は大人だと思っていた蘭くんも、今は少し弱っているせいか、ちゃんと同い年に見えるから不思議だ。

とにかく私にできることは全部したくて、蘭くんにキッチンを借りた。

まったく使われている様子がないのがわかるくらい、キッチンはピカピカだ。

蘭くんのことだから、絶対夕飯はカップラーメンとかですませてそう。

そう思いながら、ゴミ箱の蓋を開けると読みが当たった。

ゴミ箱は食べ終えたカップラーメンの残りだらけだ。

「……なんて、体に悪いんだろう」

無意識にそう呟きながら冷蔵庫を開けると、飲み物以外、

ほとんど何も入っていなかった。

　結局おかゆしか作れなかったけど、お米と卵があっただけラッキーだったのかも。

「蘭くん、お待たせ」

　ケガ人なんだから、動かないでベッドで食べちゃえばいいのに、テレビを観ながら待っていてくれた蘭くん。

　テーブルにおかゆを置くと、嫌な顔せずにさっそく食べてくれた。

「……麺以外のものを食ったのは久しぶりだ」

「あっ、そうそう。蘭くん不健康すぎだよ、カップ麺を主食にするのは絶対にやめたほうがいい」

「いちいち飯に時間なんか使ってるほど暇じゃねーんだよ」

「でもあれはさすがにダメだと思う。なんなら私、週に何回か作りに来てもいいし」

「あっ？」

「……あっ」

　やばい、無意識に言っちゃった。どこまで彼女気取りなの、私。

「らっ、蘭くん違うから！　今のはねノリ……そう！　空気に流されて口走っちゃって！」

「それもいいな」

「へっ？」

「それはそれで楽かもな」

「……っ……」

やばい、どうしよう、うれしい。

　彼の何気ない一言が、どうしても私を勘違いさせる。

「どうした？　なに笑ってんだ」

「ふふっ、内緒だよ」

「……変な奴だ」

　私の不敵な笑みを不審がりながらも、作ってあげたおか
ゆをペロリと、残さず食べてくれる蘭くん。

「ごちそうさん。うまかった」と、小さな小さなお礼が
聞こえてきた。

　小声でも、その感謝は私にとって、最高の喜びへと変わっ
てしまう。

　なんだろう。この胸のトキメキは。

　蘭くんの何気ない表情や優しい言葉に触れるたび、ドキ
ドキしてしまう。

　そう考えながら、カバンを持って玄関のほうへくるりと
体を向ける。

「帰るのか？」

「うん、蘭くんの傷の手当もしたし、ご飯もちゃんと食べ
てくれたし、安心して帰れるよ〜」

　笑いながら軽く言ってみたけど、本当は帰りたくない。

　もうちょっと蘭くんと一緒にいたい。

　でもこれ以上ここに一緒にいると、蘭くんをイライラさ
せてしまいそうだから。

「じゃあな」

　蘭くんってば、ほんとそっけない。

吐息の誘惑 >> 63

　少しくらい止めてくれてもいいじゃんか。

「……うん、バイバイ」

　次、いつ会えるのか。

　また会えるかなんて、もう考えちゃっているよ。

「はあー……」

　ため息をこぼしながら、妙に寂しげな玄関で靴を履いた。

　ドアにもたれかかるように押して開けたら。

　――ザァー……。

　まだ低気圧が過ぎ去ってなかったらしく、外は土砂降り。

　止まることなく下へ下へと勢いよく落ちていく雫が、私の視界を支配した。

　どうしよう……。今日の天気予報でお天気お姉さんが降水確率30%だって言うから、傘を持ってこなかったのに。

　このまま帰ったら確実に風邪を引いちゃいそうだし。

「お前、この土砂降りの中、帰るつもりなのか？」

「へっ？」

　後ろから聞こえてきた蘭くんの声に反応して、間を感じさせないほど、すぐに振り返った。

　蘭くんは開けっ放しの玄関のドアから空を見つめ、ため息をつく。

「今帰るのは無理だな、諦めろ」

「傘、貸してくれないかな？」

「んなもん、ねぇよ。この前の大雨で壊れちまった」

「……」

「泊まってけ」

「──えっ？」

「だから泊まってけっつってんだ。2回も言わすな」

　そう言い終わると、蘭くんは不満そうに舌打ちしながら私の頭を軽くぽん、と叩いてきた。

「い……いいの!?」

　キッチンのほうに進む蘭くんの背中を追いかけながら聞くと。

「1回泊めてんだ。2回もたいして変わらねぇよ」

　蘭くんにそう言われて、思わずキッチンへと続くドア前で立ち止まる。

　やっぱり……蘭くんって優しいね。

　冷たい態度で、どこか距離を置かれているような気がしたけど、もともとそういう不器用な性格なのかもしれない。

「ら……蘭くん、お風呂とお洋服ありがと」

「ああ」

　泊まることが決まってさっそく、蘭くんにお風呂を勧められた私。

　1人暮らしの男の人の部屋で、お風呂に入るなんて少し抵抗はあったけど、そんなの気にする暇もなく、蘭くんに半ば強引にお風呂に入るように命令され、今に至る。

「母親に連絡しなくていいのか？」

　柔らかいタオルで拭いただけでは乾かない、私の髪に残った水滴。それが今にも床に落ちていきそうになりながらも、毛先で留まっている様子を見ながら蘭くんは言う。

「へっ？」

「連絡もなしに男の家に泊まるとか、親に誤解されるぞ」

「あっ……お母さん夜勤の仕事で、私が学校に行く時間まで家に帰ってこないから、たぶん大丈夫だと思う」

「……。そこにドライヤー置いてあるから髪乾かせよ」

　言いながら、私の濡れた髪の毛を触る蘭くん。

　ぽたぽたと、髪の先から滑るように落ちていく雫が蘭くんの手を濡らした。

「あっ！　ドライヤー借りるね！　ありがとっ」

　その手から逃げるように、蘭くんから離れた。

　ドキドキと心臓が鈍い音を重ねて、すっごく痛い。

　蘭くんってば意味わかんない……。

　言葉が冷たくて、態度だってどこかそっけなくて。

　なのに、さりげなく優しい。

「……お前、誰とも付き合ったことないだろ？」

「な、なんでわかったの？」

「ちょっと手が触れたくらいで、意識しすぎ」

「う……うん。男の人ってちょっと苦手で」

「なんでそんな奴が無防備に男の部屋に泊まってんだか」

「うっ……。だって蘭くんは別に……」

　苦手じゃないから。

　それどころか、ずっと一緒にいたい、もっともっと蘭くんのことが知りたい。

　そう思うことは……イケナイことですか？

「キスもしたことねぇのか」

「きっ……キス、なんて。そんなこと」

「俺としてみるか？」

「……えっ？」

「男と女が暗闇の中２人っきり。そういう展開になっても
おかしくないよな？　そういうことも含めて、泊まるって
ことだろ？」

「……っ」

「……なあ？」

　反応に困ることを言う蘭くんは、グイグイと顔を私の顔
に近づけてくる。

　目が暗闇に慣れてきて、さっきまで見えなかった蘭くん
の顔が、こんな時に限ってはっきりと見えてしまう。

「蘭くっ……」

　拒むように後ろに下がっても、壁に背中がついて追い込ま
れた。

　さっきとは違う蘭くんの雰囲気。

　ひんやりとした冷たい目の奥はどこか殺気立っていて、
何もかものみ込まれてしまいそうだ。

「変だよ蘭くん……ねぇ、どうしたの？」

「女なんてな、どいつもこいつも同じなんだよ」

「……蘭くん？」

「くだらねぇ純情なんか、さっさと捨てちまえ」

「──ッ!?」

　フニッと唇に伝わる、柔らかい感触。

　長いまつ毛。毛穴とはまるで縁がないきれいな肌。

吐息の誘惑 >> 67

蘭くんの顔はとってもきれいで、無理やりキスされているのに、思わず見とれてしまった自分が嫌になってくる。

「んっ……」

「もっと口開けろ」

口の中に入ってきた蘭くんの親指が私の唇をこじ開けて、また、キスされた。

しかも２回目はもっと過激なほう。

こんなこと、恋人同士しかしちゃいけないのに。

「くそヘタだな、お前」

熱い吐息が無意識に漏れる。

蘭くんのキスが上手いから拒めないのか、それとも雰囲気に流されているのか、よくわかんない。

「もうやめっ……んっ……」

今は雨音や雷の音だって気にならない。

震える手で蘭くんの肩を強く押し、唇を離して、一歩距離を置いた。

「たいしてよく知りもしねぇ男の家に二度も泊まって恥ずかしくねぇのか？」

「……っ」

「軽い女だな、お前。助けた相手が俺じゃなくても、絶対ノコノコついていったぜ？」

「そっ、そんなわけ……っ！」

「だからカラオケでも簡単に襲われそうになるんだよ、バカじゃねーの？」

「……っ……」

ねぇ蘭くん……どうして？

　さっきまでちょっとだけ優しかったのに、どうしてそんな意地悪なこと言うの……？

「泣くなよ、めんどくせえから」

「泣いてなんか……」

「女の涙ほど信用ならねーモンはねぇよ。本当はキスされてうれしかったんじゃねぇの？」

「なっ……!?」

　ひどい。なんで、そんなひどい言葉が言えるの？

　こっちは初めてのキスで、頭の中がいっぱいなのに。

　蘭くんがしたくせに、なんで私がこんな嫌な気持ちにならないといけないの……!?

「蘭くんの……バカッ」

「あ？」

「好きじゃないくせにキスして。おまけに嫌味を言うなんて……ほんと信じられないっ！　蘭くんなんか……蘭くんなんか……大っ嫌い！」

　荷物を手に、高ぶった気持ちのまま、蘭くんの部屋から飛び出した。

　少し弱まった雨が、慰めるように蘭くんとキスした唇を冷やす。

　小雨でも長く外にいたせいで、せっかくお風呂に入ったのに結局ずぶ濡れ。

　急いで帰ってきた家に濡れたまま入って、思いっきり泣いた。

その日以来、蘭くんとは顔を合わせていない。

気がつけば無意識に足を運んでしまいそうな蘭くんの学校にも近づかないようにしている。

だってもしバッタリ会ったりなんかしたら、どんな顔していいかわからないから……。

「ねぇ彩羽！　このあと暇ー？」

あれから１週間後。

青空がオレンジ色に変わる瞬間と一緒にやってきた放課後は、いつもと変わらない日常を知らせる合図みたい。

机の中から教科書を出してカバンに詰めていると、光花に「遊ぼう！」と誘われた。

「う、うん。いいけど、あの街には行かないよね……？」

「あの街って？」

「前にカラオケでいろいろあったでしょ？」

「あー！　あそこの近くには行かないわよ！　今日は別よ別！　たまには彩羽とショッピングでもしようかなって」

よかった。

バッタリ蘭くんと顔を合わせたら大変なことになるもんね。

光花にはカラオケでの一件のあとに蘭くんと会ったこと、一言も喋ってないし。

「私、お金持ってないよ？」

「私が持ってるから大丈夫！　彩羽に似合う服、選んであげるー！」

「ええ！　いいよ悪いよそんなの！」

「大丈夫大丈夫！　最近パパからお小遣いもらったから
パーッとね！」

「……」

「ほんとに気にしないでよー！　私が彩羽に買いたくて買
うんだから」

「……うん……」

　なんだか悪い気はするけど、遠慮するなって押しきられ
るだけなんだよね……こういう時の光花には。

　光花のお父さんは社長でお金持ちで、ものすごく光花に
甘い。

　うちとは正反対の光花の家。

　私はそんな光花が……ちょこっとだけ羨ましかったりす
るんだ。

　光花と学校から出て、ガタンゴトンと電車に揺られる。

　数分たって目的地に到着した。

　電車の中にいる人の多さに息苦しさを感じながら、やっ
と降りられたけど。

「──ねぇ、なんの騒ぎだろう？」

　光花が足を止めて言う。

　駅から少し歩いたところを、バイクの集団が爆音で走っ
ていた。

「さあ？　ここら辺の暴走族じゃないかな？」

「そうだとしても、ちょっと人数多すぎない？」

吐息の誘惑 >> 71

「……たしかに」
　それに着ている特攻服だってみんなそれぞれ違うし。
　だけど、ケンカしに行くって雰囲気でもなさそう。
　いったい何があったんだろう？
「ねぇ、今日 “集会” があるんだってー！」
「ほんとに!? だからバイクがあんなにいっぱい走ってる
のね」
「そうそう。暇だし、ちょっと見に行かない？ 人もいっ
ぱいいるし、私たちが集会に紛れ込んでも誰も気づかない
と思うしさあ」
「うん！ 行こ行こ！ “あの人”にも会えるかもしれない
しね」
　前からやってきた金髪ギャル2人組。
　声が大きすぎて会話は私たちの耳にまで聞こえてきた。
「集会……って、だからあんなにバイクが走ってんのね」
　訳知り顔で言う光花。
「集会って何、光花？ さっきの子たちの話からすると、
暴走族に関係あるの？」
　不思議に思い、目を丸くさせながら聞いてみると。
「集会っていうのは、まあダサく言えば交流会みたいなも
ん。族にも族同士の関わりがあんのよ。敵対してない限り、
無駄な争いは避けたいしね」
「へえー、光花って詳しいんだね」
「まあ、前の彼氏が暴走族だったからね。てか私たちも行
こうよ！ 集会」

「えっ!?　なに言ってんの光花！　そんなのダメだよ！
私たち関係ないんだしっ！」

「聞いたでしょ？　さっきのギャルの話。関係ない人たち
が行ってもバレないぐらい人が多いんだって！　どんだけ
人がいるか気にならない？」

「そっ、そんなの絶対ダメだよー！　普通の不良とは訳が
違うんだから危ないよ！」

「大丈夫、大丈夫！　見るだけだから、ねっ？」

　光花は強引って言葉だけじゃ片づけられないくらい、嫌
がる私をグイグイと引っ張ってバイクが走っていった方向
へ歩きはじめた。

　暴走族の集会を見に行くなんて危ない……危なすぎる
よ。

　しかもまったく関係ない、隣街から来た私たちが集会に
紛れ込むなんて。

　もしバレたら、ただじゃすまされないよ、絶対。

「光花〜、やっぱり大人しく帰ろうよ〜」

　帰りたい。すっごく帰りたい。

　だってなんだか悪いことをしているみたいなんだもん、
今まで生きてきた中で一番。

　でも光花はそんな私を無視して、どんどん足を前へ前へ
と進める。

　さっきまで派手なお店がズラリと並んでいたのに、今は
静かな住宅地に来ている。

すぐ近くに土手が見え、無意識にその場所へと足を進ませる。

ほんとに、こんなところで暴走族が集会なんか開いているのか不思議に思ったけど……。

ブオン！と、どこからともなく聞こえてきたエンジン音。

普段はうるさく感じるその音が、今ははじまりの合図のように感じて、ドキリと私の心臓を高鳴らせる。

「ふーん……住宅地の少し先にある土手で集会やるなんて。けっこう目立たないところでやるのね」

バイクの集団を見つけた光花は、そう言いながら柄の悪い連中の集会をこっそりと覗きはじめた。

派手な男たちばかり。そりゃあそうだよね、不良だもん。

ワイワイガヤガヤと、普段じゃ絶対に見られない暴走族の集まりは、映画のワンシーンみたいでちょっとだけ好奇心を刺激される。

何人いるか数えきれないほど大勢の集団は、みんなそれぞれ色違いの自分が属している族の特攻服を着て、その後ろには読めない漢字が書かれてあった。

改造された自慢のバイクを見せ合ったり、談笑したり。

世間では悪いイメージしかない暴走族だけど、人間らしく笑い、互いの仲を深めていっている様子が微笑（ほほえ）ましい。

その輪に入れない自分とは、やっぱり生きている世界が違うんだなって、ちょっと切なくなる。

「ねぇ光花、やっぱり帰ろ」

これ以上、見ているだけでも邪魔している気がして光花

に言うけど。

「もうちょっと待って！　今イケメン探してるから」

　メンクイの光花は、それどころじゃないみたい。

　とりあえず何かあってもすぐ逃げられるよう、靴紐をキツく結んでおいた。

　すると。

「あっ……？　あっ、あ——!!」

　バイクのエンジン音にも負けないくらい、光花の大声が夜空に向かって広がっていく。

「ちょっ！　光花、なに大声出してるのー!?　こっそり覗いてることがバレちゃうじゃんか！」

　小声でそう言いながら、急いで光花の口を手で押さえた。

　でも光花は視線を不良たちに向けたまま、開いた口が塞がらないみたい。

　少し落ちついたところで光花が薄い唇を動かした。

「あっ、あれ」

「へっ……？」

「あの人って、カラオケの店員だったよね、たしか」

　光花の指先が示す方向に目を向けると——。

　驚いた。

　驚きすぎて、光花と同じように開いた口が塞がらない。

「蘭、くん……」

　バイクと派手な男たちに囲まれて、１人異様な雰囲気を漂わせている蘭くんがそこにはいた。

　まるで翼を身にまとっているように見える、真っ白な特

攻服姿の蘭くんに魅了され、言葉を失う。

なんで今まで気づかなかったんだろう。

彼の存在に気づいた瞬間、目が彼に吸い込まれたみたいに、視線を逸らせない。

「彩羽……？」

「……」

「おーい、彩羽。ちょっと、あんたなに固まってんのよ！　人も増えてきたし、抜けられなくなる前に帰るわよ」

「へっ……!?」

名前を呼ばれても一瞬反応できない。

それくらい、蘭くんのことが気になってしょうがない。

やだよ……これじゃあまるで、私が蘭くんのこと好きみたいじゃんか。

私、あんな最低男だけは絶対に好きだって認めたくない。認めたくないのに……。

「きゃー！　蘭さん〜！　お久しぶりです〜」

「私たち、蘭さんに会いたくて集会出ちゃいました〜」

ピンクの特攻服を身にまとっている美女２人が蘭くんのそばに駆け寄りながら、女の子らしい声を出す。

あの人たちはきっと、コソコソと泥棒みたいに集会を覗きに来ている私たちとは違って、この集会にちゃんと呼ばれた正真正銘の暴走族なんだろう。

はあ……。なんだろう、この気持ち。

蘭くんが危ない人だってことは、なんとなく勘づいていたけど。まさか暴走族だったなんて。

こうして現実を直視すると、なんだか私と蘭くんって、全然似合わないっていうか……。住む世界が違う気さえしてくる。

　なんで私、あんなすごい人と少しでも関われたんだろう。

「彩羽……どうしたの？　そんな暗い顔して」

　なかなかその場から離れようとしない私を心配して、光花が顔を覗き込んでくる。

　こんな暗い自分、光花には見せたくなかった。

　私のせいで光花まで暗くなっちゃった……どうしよう。

「ねぇ彩羽。あの日、カラオケの帰り。私だけ先に帰っちゃったけど、もしかしてあの店員と何かあったの？」

　さすが光花、勘がいい。

　でも私は「なんも……ないよ」と、うつむきながらあからさまに嘘をつく。

　蘭くんのこと、これ以上誰にも知られたくない。

　光花にだって知られたくない。

　光花が蘭くんに興味ないことはわかっているのに。

　勝手な独占欲を抱いて、光花に嫉妬している。

　だってもし光花が蘭くんと関わりを持ってしまったら、私に勝ち目なんかないもん。

　少しだけ沈黙が続いた。

　ガヤガヤとすぐ近くから聞こえてくる不良たちの声は、何がそんなに楽しいのか、まるでお祭り騒ぎ。

　私と光花は2人取り残されたみたいに暗いのに。

　こんなところ来なければよかった。

蘭くんになんか出会わなければ、こんなモヤモヤとした
気持ち悪い感情に浸らなくてすんだのに……。

「あーもう！　何そんな辛気臭い顔してんのよ！」

　黙っている私に光花がしびれをきらした。

　物陰に隠れて蘭くんを見つめているだけで終わると思っ
ていたのに。

　──グイッと光花に引っ張られて、取り巻きの集団の前
方に向かって足を踏み入れた。

「ちょっ！　光花……っ」

「大丈夫、こんなに大勢の人がいるんだもん。私たちがい
ても誰も気にしないわよ」

「でもっ」

「あの店員と何があったかは知らないけど、このままじゃ、
あの派手な女たちに取られるわよ」

「えっ」

「ほら」

　光花が指さすその先には、蘭くんに甘えるようにくっつ
いている女の人が数名。

　あんなにきれいな人たちがまわりに群がっているのに、
蘭くんは相変わらず無表情で興味がなさそうだ。

「……っ」

　瞳が、嫉妬で揺らいだ。

　見たくない、見たくなかった。

　蘭くんも蘭くんだよ。あんなに簡単に女の人たちに触ら
せるなんて。

私とのキスは本当に意味のないものだったの？

　意味がないからキスしたの？

　もう私、胸が痛くて死んじゃいそうだよ……バカ。

　痛かったのは胸だけじゃなかった。

　頭だってガンガンしている。

　貧血みたいで、足元がフラフラしてきた。

　これ以上、この場にいても生まれるのは嫉妬だけ。

　もう帰ろう、そう思い、フラついた足で後ろを振り向こうとした時。

　──バチッ。

　蘭くんと目が合った。

「……っ」

　こっちをしっかりと見ている蘭くんは、お得意の無表情を少し崩しながら、眉間にシワを寄せ、怒っているようにも見えるけど焦っているようにも見える。

　私のほうに近づいてくる蘭くんに、どう反応していいかわからず。

　どうしようバレちゃった。

　蘭くんにストーカーだと勘違いされたらどうしよう。

「……彩羽、あの男、こっちに気づいたみたいよ。ほら、あんたも行きなさい」

「わっ！」

　──ドンッと光花に軽く背中を押されて、1歩前へ蘭くんに近づいてしまった。

「み、光花！」

すぐに振り返って光花を怒るけど。

「そんな怒らないでよ〜。私、あんたのこと応援してんだからっ!」

　何を勘違いしているのか。

　光花はどうやら、私が蘭くんに恋していると思っているらしい。

　大きなお世話だよ……光花のバカァ。

　こんな状態で蘭くんと何を話せばいいかわかんないよ。

「誰……あの子?」

「さあ?　見ない顔ね」

　蘭くんにくっついていた女の人のコソコソ話が、嫌でも耳に届いた。

　怪しまれて当然だと思う。

　私と蘭くんの間にある異様な空気に、誰もが注目した。

　──その時。

「……っ!」

　大勢の人に紛れ込んでいた1人の男が、鉄パイプを持って鬼の形相で蘭くんの背後に迫っている。

　それに最初に気づいたのが私。

「蘭く……っ!　危ない!!」

　誰よりも先に走りながら叫ぶと同時に、私は蘭くんの背後でかばうように手を広げた。

「──ッ」

　突然の出来事に、この場にいる全員が目を見開く。

　鉄パイプを持った男は歯止めが利かなくなったのか、突

然現れた私に気づいた時には、もう鉄パイプを振り下ろしていた。

　──そして。

　──バギッ……！

　痛々しい鈍い音が広がる。

　私なりに勇気を振り絞ったつもりだった。

　鉄パイプなんて当たったら、打ちどころによっては絶対後遺症が残るはず。

　でもそんなの気にならないくらい、真っ先に蘭くんを助けようと思った。

　だって、見ず知らずの私のことを助けてくれて、今まで打ち明けることができなかった私の悩みを黙って聞いてくれて。そして口数少ないのに、どこか温かい彼の見えない優しさに触れた瞬間……。どう考えても好きにならないわけがない。

　私……蘭くんのこと、好きになっちゃったみたいだ。

　だから、ケガなんてしてほしくなかった。

　なのに。

「蘭くっ……ん！」

　蘭くんをかばったつもりだった。かばったつもりだったのに、振り下ろされた鉄パイプが直撃したのは……蘭くんの腕。

　さっそく赤く腫れはじめた腕を見て、不安が胸の奥を攻撃してくる。

「蘭くん……どうして!?」

痛いはずなのに、蘭くんは私を抱きしめたまま離そうと
はしない。

「頼んでねぇよ……いきなり出てきてふざけんな。あのく
らい、簡単に避けれたっつーのに。お前はほんと、めんど
くさいことばかり運んできやがる」

「……っ」

蘭くんの冷たい言葉も、今の私には届かなくて。

——カランと、鉄パイプを地面に落とした男は、我に返っ
たように真っ青な顔をして、ただちに逃げようとしたけど、
すぐに数名の男たちに取り押さえられて、真っ暗な茂みの
奥のほうへと連れていかれた。

これからあの男がどうなるかはわからないけど、ただで
はすまされないと思う。

だって、こんなに大勢の暴走族がいる中で蘭くん1人だ
けが狙われるなんて。

それは、この集会に参加する暴走族の中で、蘭くんの立
ち位置がトップであることを証明している。

「……なに泣いてんだよ」

蘭くんの人差し指が、私のこぼれる涙を拭う。

「ごめん、助けようとしたのに、こんなことになって……」

痛いなら痛いって素直に言えばいいのに、蘭くんは無表
情を崩さず、そっと私から離れた。

「蘭さん大丈夫ですか!?」

「おケガは!?」

くるくると巻かれた髪の毛に、きつい香水をつけた女の

子たちが蘭くんを取り囲む。

　そんな中、人だかりをかき分けて駆け寄ってきてくれたのは光花だった。

「彩羽、大丈夫!?　何よ、あの男。デレデレしちゃってさ」

　数人の美人に囲まれている蘭くんに、光花が小声で嫌味を言う。

　デレデレなんて……そんなことないと思うけど。

　実際女の人に囲まれて、蘭くんは嫌そうにしている。

　……腕、大丈夫かな？

　そう聞きたいのに、あの集団の中に飛び込む勇気なんて出ない。

　そう思っていたら。

「蘭」

　蘭くんのまわりにいる女の人たちをかき分けて、突然現れた茶髪の男の人。

　彼は、ケガしている蘭くんの腕を軽く掴んだ。

　蘭くんは痛みに顔を歪めながら、何か言いたそうに男を睨んだ。

「……やっぱり。なんで無理しようとするんだ。早く病院行くぞ」

「別に、行かなくても時間がたてば治るだろ」

「バカ、絶対折れてるぞ、それ」

　茶髪の人の言葉に、思わずギョッと目を見開いた。

　おっ……折れてるって。

　もし鉄パイプが頭に当たっていたら、私と蘭くん……

どっちか死んでたかも。

　今になって恐怖が倍増し、心臓が鈍く鳴りはじめた時。

「君、蘭を助けてくれた子だよね？」

　茶髪の人に話しかけられ、思わず身構えてしまう。

　優しそうに見えてどこか嘘くさい笑顔は、目の奥が笑っていなくて少し不気味だ。

　サラサラとしたセットしていない茶色い髪に、顔は女ウケしそうな世に言うイケメン。

　蘭くんとはまた違う大人っぽい紳士的な雰囲気で、着ている特攻服は、蘭くんと同じ白色で背中には【紫蓮想】の文字が書いてあった。

「蘭を助けてくれてありがとう」

「……助け？」

　助けられたのは、むしろ私のほう。

　助けるつもりが、逆に蘭くんにケガを負わせてしまった。

「でも君のおかげで襲ってきた男が一瞬怯んだんだ。君がいなかったら、蘭もとっさの対応はできなかったと思うし」

　話を聞くと、どうやらこのところ、蘭くんはケンカ続きらしい。

　疲れが溜まって、いつものピリついた警戒心が持てていなかったと。私がいなかったらもしかしたらもっと重症だったかもしれないとまで、茶髪の人は言う。

「これじゃあ、今日の集会は中止だな。君はちょっと残ってて」

　言いながら、茶髪の人が取り巻きや場の騒ぎを沈め、事

情が事情なだけに、せっかく集まってくれた不良たちを解散させる。

　心底この状況を楽しんでいる光花は、最後の最後までこの場にいたがっていたけれど、茶髪の人が発するの無言の圧力に負けたのか「明日報告よろしく〜」とだけ言い残し、帰っていった。

　族に関係がない私1人が、この場に残されたのが不思議でしょうがなかったけど。

「悪いけど君、一緒に病院についていってくれない？」

　3人しか残っていない土手で、茶髪の人が言う。

「えっ!?　わっ、私がですか!?」

「うん、蘭とどんな関係かは知らないけど、念のため、君も病院で診てもらったほうがいい」

「わっ、私はどこもケガしてませんよ!?　蘭くんがかばってくれたし……」

「うん、でも一応ね。俺らの総長を救ってくれたお礼もしたいし」

"総長"

　たしかに彼は蘭くんのことをそう呼んだ。

　すごい人だとは思っていたけど……まさか蘭くんが暴走族の総長だったなんて。

　この集会に便乗して蘭くんを狙う人がいたことから、なんとなく察してはいたけど、いざ面と向かって言われると、なんだか怖くなってきた。

　──彼に関わってしまったことが。

吐息の誘惑 >> 85

　誰が呼んだのかもわからない黒塗りの高級車が数分もしないうちにやってきて、半ば強引に蘭くんと一緒に乗せられた。
「なに見てんだよ」
「……いえ、何も」
　高級車に乗るなんて人生で初めてのことで、座り心地のいいシートに、思わず蘭くんを見て苦笑いしてしまった。
　でも、そんなことが言いたいんじゃない。
　本当は、ケガ大丈夫……？　って、聞きたいのに、不機嫌な蘭くんの態度を見て、言葉を失う。
「それじゃあ動かしますね」
　言いながら、ハンドルを器用に操る運転手さん。
　動き出した車、もう後戻りはできない。
　結局、蘭くんの付き添いで病院に行くことになった。

上の巻

「どっかのバカ女のせいで骨にヒビ入っちまった」

「ごめんなさい……」

　白衣の天使……看護師さんが忙しそうに歩き回っている真っ白な病院内。

　診断の結果、蘭くんの腕は折れてはおらず、ヒビが入る程度の軽症ですんだ。

　私も蘭くんのついでに診てもらったけど、蘭くんが守ってくれたおかげで、やっぱりどこもケガしていなかった。

「たくっ……歩夢の奴、なんで無傷のこいつまで連れてきたんだよ」

　駐車場で待っていてくれた高級車に乗って、蘭くんは窓の外を見つめながらブツブツとひとり言。

「歩夢……？」

　って、誰？

「茶髪の男、お前もさっき喋ったろ」

「あっ！」

　茶髪で思い出した！　あの人、歩夢さんって言うんだ。

「それより、腕の痛みは大丈夫……？」

「ああ、誰かさんのおかげでな」

「本当にごめんなさい……」

「冗談だ」

　目線を合わせてくれたと思ったら、すぐにそっぽを向く蘭くん。

　そんなに私の顔を見て喋りたくないのかな……？

　でも窓ガラスには、口角を上げて笑っている蘭くんの顔

が映っていた。

　蘭くんのこと、怒らせてばっかりだと思っていたけど、まさか笑ってくれるなんて。

「ふふ……」

「なに笑ってんだよ……気持ち悪い奴だ」

「蘭くんに言われたくないよ」

「言うようになったな、お前も」

「——つきました」

　前から聞こえてきた運転手さんの声で、一気に現実に戻された。

　ゆっくりと黒塗りの車が停車し、蘭くんに促されて降りる。

　ここ、どこだろう……？

　あたりを見渡しても、建物が全然ない。

　唯一建っている錆びた倉庫は、人なんか絶対に寄りつかなさそうな独特な雰囲気が放たれていた。

「何、ビビってんのお前？」

　屈んで私の目線に合わせた蘭くんに、顔を覗き込まれる。

　不意打ちすぎて一瞬で心臓が粉々になりそうだった。

　だって蘭くんってば、い……一応キスした仲なのに、それを忘れたみたいに顔を近づけてくるんだもん。

　ドキドキしすぎて死ぬかと思った。

「……こんなところ、初めて来たんだもん。そりゃあ怖いよ」

「そんなに怖いのか？」

「うん」

「なら、手でもつないでやろうか？」

「え!?」

「……バカ、冗談だ冗談」

　でっ、ですよねー……。

　ちょっと期待しちゃったけど、あの蘭くんが、手なんかつないでくれるはずないもん。

　からかわれただけなのに、鏡で見なくてもわかるくらい、顔は真っ赤っ赤で。

　だけど、正直そのからかい方は反則だよ。

　好きな人にそんなからかい方されたら、キュン死にもんだよ。幸せすぎて、私……今なら死ねるかもしれない。

「ねぇ蘭くん……ほんとに手つないじゃう？」

「バカ言ってんじゃねーよ。ほら、さっさと行くぞ。歩夢が待ってる」

「……うん」

　すぐ隣を歩いているのに、蘭くんとの距離が遠く感じてしまう。

　伸ばせば触れることができる手。

　少女マンガでよく見る、求め合っていても変に緊張して、手をつなげない２人。

　恋人でもないのに、マンガに描かれている男女はたしかにお互いの手を求め合いながら、隣を歩くんだ。

　でも、現実は私の一方通行。

　私がいくら蘭くんの手を求めていても、蘭くんそのものを求めていても、手に入れることなんて絶対にできない。

彼はそれだけ、遠い存在なんだ。

　関係ない私が立ち入っていいのかわからない、廃墟のように不穏な空気をまとった倉庫。

　そんな私を見かねた蘭くんに背中を押され、恐る恐る足を踏み入れると、錆びた倉庫は外見とは違って、中はとってもきれい。

　学校の教室2部屋分くらいの広さで、コンクリート打ちっぱなしの壁は地味だが、置かれているモノクロのソファセットや木目調のキッチンのおかげでオシャレな雰囲気が漂っていた。何1つ不自由なくここに住めそうなほど、家具が揃っている。

「遅かったね、蘭。デートでもしてたの？」

　黒色のソファに腰かけている歩夢さんにそう言われ、少しだけドキッとしてしまった。

　だけど、「ふざけんな。誰がこんな女と」と返す蘭くん。

　そっぽを向いて心底嫌そうな横顔を見せてくるから、私の気分は下へ下へと、落ちてしまった。

「どうだった？　その腕」

　蘭くんの腕を固定しているギプスを見て、歩夢さんが言う。

「あー……ああ。まあでもたいしたことねぇよ」

「でもその手じゃ、バイクには乗れないね」

「片手だけでもイケるだろ」

「バカ言うなよ。集会は親交のある族同士の集まりだから

油断していたけど、総長を守れなかったってだけでも、俺ら幹部の立場がないのに、これ以上ケガなんてされたら、それこそ紫蓮想の恥だ」

　──ピンッと、緊張の糸が張り詰める。

　あんなに優しく私に接してくれていた歩夢さんの顔から、笑顔が一瞬で消え去った。

　話を聞いていても事情がよくわからない私は、1人取り残されているような気がして。

　でも。

「蘭くんを責めないでください！」

　そう言って、かばうように蘭くんの前に立った。

　ケガしたのは半分、私のせいでもあるから。

「おい、何お前勝手に話に入ってきてんだよ」

「……君には俺が、蘭を責めているように見えるのかな？」

　クスッと笑いながら、ソファから立ち上がる歩夢さん。

　蘭くんと同じくらいある身長。

　彼の言葉づかいは優しいのに、どこか毒を潜めてそうな雰囲気に圧倒されてしまいそうだった。

「だっ、だって！　紫蓮想？の恥だとか、幹部の立場がないとか蘭くんの責任が重すぎるように感じて」

「そりゃあ蘭が総長だからね。……って、君もしかして紫蓮想のこと知らないの？」

「しっ、知らないです。そんなに有名なんですか？　紫蓮想って」

「うん、いや。有名っていうか。紫蓮想の存在知らないのに、

なんで蘭と知り合いなの？」

「……？　それを知らなきゃ、蘭くんと知り合っちゃいけないんですか？」

　蘭くんが危険な人だとしても、私の恩人には変わりないし。それに初めて会ったあの夜の優しさを、私は一生忘れることなんかできないと思う。

　そりゃあ、蘭くんが暴走族だと知って正直怖いし、暴走族にあんまりいいイメージなんてないけど、助けられたあの日から、私の世界は蘭くんでいっぱいなんだ。

「ぷっ……ふふ。君、めちゃくちゃ面白いね。じゃあ蘭のこと、何も知らないんだ」

「うっ……全然知らないです。あっ、でも、夕飯はほとんどカップラーメンってことだけは知ってます」

「……カップラーメン？」

「はいっ！　この前蘭くんの家に行った時、ゴミ箱の中を見たら、カップラーメンだらけでした！」

「……」

「どうしたんですか？」

　急に黙り込む歩夢さん。

　私は濁りのない目で、キョトンと歩夢さんを見つめる。

　すると歩夢さんは、蘭くんのほうに目線を流した。

「ふーん。蘭ってば、絶対他人、とくに女の子は部屋に入れないくせに、この子はいいのか」

「しょうがねぇだろ。いろいろあったんだから」

「へぇー、あの蘭がねぇ……」

「お前、しつこいぞ」

　ニヤニヤした顔で蘭くんをからかう歩夢さん。

　紳士に見えて悪魔だなあ、この人。

　歩夢さんから話を聞くと、紫蓮想は結構有名な暴走族で、蘭くんで五代目らしい。

　もともと一代目の時から名は広がっていたけれど、蘭くんが総長を務めるようになって、その美貌とケンカの強さで一気に県全体の暴走族に名が轟いたとか。

　四代目に気に入られていた蘭くんは、総長を務める前からまわりの人望は厚かったらしく、蘭くんが総長になることに誰も反対などしなかったらしい。

　彼の人を引きつける魅力や、まわりをまとめる力の大きさに、紫蓮想のメンバーは前よりもずっと士気が高まり、今や県でナンバー１の暴走族にまでなったと聞かされた。

　紫蓮想の今の構成員数は100人ぐらいで、このあたりの暴走族にしては多いほうらしい。

　むやみやたらにケンカをふっかけたりはしないが、家庭や学校での事情や過去のトラウマから大人を信じられなくなった若者たちが集まり、同じ闇を抱えている者同士が心の傷を癒すため自然に集まってできたのが紫蓮想だと歩夢さんは言うけど、歩夢さんみたいに好奇心で入った人もいるらしい。

　夜中、山の奥までバイクを走らせることが主な活動。

　風を感じながらスピードだけに身を任せ、雲隠れした月

の薄い光に酔う。

　弱さも強さも隠さず、好きな時に好きなことを好きなだけする場所。

　紫蓮想という名前には、男のロマンまで詰まっているみたいで、そんな男の世界に、ちょっと憧れてしまったんだ。

　歩夢さんの話を聞いているうちに、いつの間にか夜が更けていた。

　このあたりは建物がほとんどないせいで、外は漆黒の闇に包まれている。

　明日は土曜日だし、もう遅いからと、倉庫に泊めてもらうことになった。

　歩夢さんと蘭くんは奥のほうにある幹部部屋で寝ると言われ、私はその隣にある小さな仮眠部屋で寝るように言われた。

「――１人でちゃんと眠れるのか？」

　ノックもしないで蘭くんが部屋に入ってきたから、大慌てで起き上がった。

「ねっ、眠れますともっ！　ていうか蘭くん！　ノックぐらいしてよ」

　よかったー！　寝てなくて。

　寝てたら絶対に寝顔を見られていた……恥ずかしい。

「……ほんとに１人で眠れるのか？」

「……？　なんで？」

「お前、前に１人で眠れないからって、俺を誘ってきたじゃ

ねーか」

「さっ……！　誘ってなんかないよっ！」

　あれは本当に、怖かったから。

　男に襲われそうになった日に１人で寝られるほど……
私、強くなんかないもん。

「まあいいが。なんかあったら俺を呼べ、いいな？」

「うん、ありがとう」

　なんだかんだいって、やっぱり蘭くんって優しい。しか
も私をドキッとさせるのが上手だ。

　朝、目が覚めたのは、午前６時。

「なんで俺の家に、こいつまで」

　高級車で家まで送ってもらえるなんて、なんだかお姫様
にでもなったみたい。

　でも問題なのは、送ってもらった先は蘭くんのマンショ
ンであって、私の家じゃないということ。

　そこで私まで車から降ろされたから、蘭くんはすっごく
嫌そうな顔で助手席に座っている歩夢さんに「どういうこ
とだよ」と怒っている。

「んー、この子に蘭の見張り役でもしてもらおうと思って」

「なに勝手に決めてんだ」

「その腕で暴れられたら、困るのは俺らだからね。絶対安
静にしてろって、医者にも言われただろ？」

「まあな……でも、出会ったばかりのこいつに見張り役を
頼むなんて、歩夢、お前どうかしてるぞ」

「蘭、この子に弱いみたいだから」

「冗談じゃねぇよ」

　蘭くんと歩夢さん。2人で勝手に話進めちゃってますが、私の気持ちも聞いてくださいよ。

　蘭くんの世話係なんて、頼まれなくてもやりたいけど、蘭くん本人が嫌がっているんだから、ちょっと気が引ける。

　でも。

「いいよね……えーっと、名前なんだっけ?」

「彩羽、木実彩羽です」

「彩羽ちゃんね。俺、堂本歩夢。彩羽ちゃんに蘭のお世話任せてもいいよね?」

「えっ、でも……」

　チラッと隣にいる蘭くんに目を向けると、蘭くんは首を横に振りながら、"断れ"と強く訴えてきた。

　だけど。

「やります!　やらせてください!!」

　私は前のめりになって、歩夢さんに言った。

「なっ……!?　断れよアホ女!」

　柄にもなく大声を出す蘭くんが、私の服の襟を乱暴に引っ張って私を歩夢さんから引き離す。

「だって……!　私のせいで蘭くんケガしたんだもん!少しくらい罪悪感を消させてよ」

　素直にそう言うと、面と向かって言われて調子が狂ったのか黙り込む蘭くんを前に。

「いい?　彩羽ちゃん。蘭は目を離すと何やらかすかわか

らない男だから、ちゃんと見張っててよ。じゃあね」

　いつの間にか白い紙きれに書いてある電話番号を渡され、それだけ言って、運転手さんに颯爽と車を出させる歩夢さんの姿は、まるで王子様みたいだった。

　どうやら歩夢さんは親が社長で大金持ちらしく、昨日から乗せてもらっている黒塗り高級車は、歩夢さんが用意させた専用車らしい。

　中学のころから仲のよかった蘭くんに誘われて入った暴走族は、日常を退屈させないための特効薬らしいけど、それでも幹部の立場を任されているから、やっぱり歩夢さんって、どこまでも掴めない人だ。

「帰れ」

　少しの沈黙のあと、マンションの入り口手前で蘭くんが言い放つ。

「ええぇ!?　蘭くんさっきの歩夢さんの話聞いてたでしょ!?　私、今日から蘭くんのお世話係なんだからっ」

「歩夢はああ言ってたが、大迷惑だ。この前は仕方なく家に入れたが、今は部屋に入れる意味も理由もない」

「でも……っ」

「さっさと帰れ」

　蘭くんの冷たい言葉なんか、いちいち気にしていたら身が持たない。

　そんなこと、わかっているけど……。

「……早く治してほしいから」

「……あ？」

「蘭くんのその腕、早く治ってもらわないと……私、罪悪感で死んじゃうよっ！　だからお願い！　世話だけでもさせてよ！」

　涙をコンクリートに滲ませながら、マンションのエントランス前で土下座。

　私が大声を出したせいで、何事だ？と、上の階の住人が部屋から出てきて様子を見ている。

　さすがの蘭くんも、人目は気になるらしい。

　私の腕をヒビが入ってないほうの手で引っ張って、エレベーターホールに入れてくれた。

「お前……ふざけんなよ」

「えへへ」

「笑ってんじゃねーよ、アホ」

　ペシッと軽く、おでこを叩かれた。

　でも全然痛くない。

　これも愛の力？　……なんて。バカなことを考えていると、なんにもない殺風景な玄関で、私と蘭くんはなぜか見つめ合う。

　——ドキッ。

　ガラスみたいにきれいな蘭くんの瞳に見つめられ、ドキドキザワザワと、胸の奥が落ちつかない。

　なっ……なんか喋らなきゃ。

　でも、なんで急に黙り込んだの……？　蘭くん。

「——おい」

「はい!?」

　蘭くんの色気のある声は、うなじを指でなぞられたみたいに、ムズ痒かった。

「やっぱ、お前は帰れ」

「えっ」

「……明日から来い」

「……えっ?」

「着替え。家が遠いからってどうせ泊まり込むつもりなんだろ?　お前。もう俺の服貸してやんねーから。必要なもんだけ持って、明日ここに来い」

「……いいの?」

「お前のしつこさには負けた。勘違いすんなよ、俺は女が嫌いだ」

「う、うん?」

「だからお前のことを女として扱わねぇ。明日っからお前、俺の奴隷だから。めちゃくちゃこき使ってやる」

「……」

「お前の口から"帰りたい"って言わせてやるよ」

　口角を上げてニヤリと笑う蘭くんは、悪魔そのもの。

　でも……私から帰りたいなんて、絶対に言うわけがないのに。

　そう、私は……蘭くんを甘く見ていた。

　次の日、日曜日の夜。

「ら……蘭くん」

心の形 ≫ 101

「あ？　黙ってちゃんと洗え。俺は手が使えねーんだよ」

「でもこれって……恥ずかしいよ」

「さっさと手、動かせ」

「う……うん」

　早くも帰りたくなったなんて、言えるわけがない。

　お母さんに『光花の両親が長期出張に行っていて、1人だと寂しいらしいから、光花の家に当分お泊まりするね』と嘘をつき、着替えや制服を詰め込んだ大きなリュックを背負いながら蘭くんの家を訪れたんだけど……。

　なぜか私は今、蘭くんのお風呂のお手伝いをしている。

　……っていっても、私はちゃんと服を着て、目だけはあっちこっちに逸らしながら、髪の毛を洗っている最中。

　ふと目に入った、背中にある無数の傷。

　指先で軽く触れば、皮膚はデコボコしていて古傷にも見える。

「最近ケンカ増えたから、その時に負った傷だろ」

　傷を触っているのがバレ、すぐに泡のついた手を蘭くんの髪に戻すけど、蘭くんの言い方に少し違和感があった。

　最近負ったとは思えないような、体に深く刻まれた傷跡。

　でも私が気にしたところで、蘭くんが答えてくれるわけがないから、やっぱりケンカでできた傷だと、あまり深く考えないようにした。

　食器洗いをすませて手をタオルで拭いていたら、お風呂から出てきた蘭くんが、テーブルに置いてある財布を取って玄関のほうに向かっていった。

黒色のTシャツに同じく黒色のスキニーパンツという格好で外に出ようとする蘭くん。

　お風呂から上がったばっかりなのに……これじゃあ風邪ひいちゃうよ。

「どっか出かけるの？」

「……コンビニ、アイス買いに」

「えっ!?　……蘭くんって甘いもの食べられるんだ」

「……悪いか？」

「いや、意外だなー！　って。でも、コンビニに行くなら髪の毛を乾かしてからのほうがいいんじゃないかな……？　風邪ひいちゃうよ？」

「別にいい」

「そんなのダメだよ。ただでさえ腕ケガしてるんだから、心配事を増やさないでよ」

「お前が心配しなきゃいい話だろ」

「……冷たい。ねぇ、私も行っていいかな？」

「勝手にしろ」

「うん……っ！」

　絶対に断られると思ったのに、今日の蘭くんはちょっと変だ。

　いつもより攻撃的じゃないっていうか……。

「蘭くんはアイスの味、何が好きなの？」

「バニラ」

「蘭くんバニラ派なんだー！　私はチョコ派」

「そうか」

　今さっき出たばっかりのマンションに見下ろされながら、脚の長い蘭くんに頑張ってついていく。

　何気ない会話がしたいだけなのに、蘭くんは相槌を打ってくれることはあっても、積極的に話を振ってくれるわけではない。

　あれ……？

　この1週間、私、蘭くんと何を話したんだっけ？

　思い返すけど、楽しい思い出なんて1つもないような気がする……。

　初めてあのマンションに泊めてもらった時は、蘭くんの優しさがたしかにあって。

　ナンパ男に連れていかれたカラオケで起こった出来事を思い出して、怯える私と一緒に寝てくれた蘭くんが今はもう懐かしい。

　やましい気持ちなんて一切ない……。でも、1回一緒に寝ちゃったことで覚えたあの温もりが……すっごくすっごく恋しい。

　彼氏彼女じゃないんだし当たり前だけど、あれ以来一緒に寝ていない。

　ケガしている蘭くんがベッドを使って、私はソファで寝ている。

　何かが物足りない。

　欲しがってしまう、あの日の優しさを。

　恋をしているのは私だけであって、蘭くんは別に私のこ

となんかどうでもいいんだから……こんなこと思っちゃダメなのに、触れたいと思ってしまうこの恋心は、欲張りなのかな？

　マンションから少し離れたところにあるコンビニに、5分くらいでついた。

　外の暗闇に目が慣れてしまったせいで、コンビニの明かりが目をチカチカさせる。

　蘭くんがアイスを選んでレジでお会計。

　バニラとチョコ味、正反対の味を選んだ蘭くんが外に出て、レジ袋からアイスを取り出して、私に渡す。

「えっ、いいの？」

　まさか私に買ってくれたなんて、少しも予想していなかったから、受け取るアイスが冷たくて……外の蒸し暑さを喜びとともに吹き飛ばしてくれる。

「お前が物欲しそうな目で見てて恥ずかしかったからだ、勘違いすんなよ」

「これじゃあ勘違いしちゃうよ。蘭くんって、冷たいのか優しいのか……よくわかんない」

「んなこと言われても困る」

「……だよね」

　照れと緊張が混じった、変な空気になった。

　歩きながら食べるチョコアイスは、外の蒸し暑さにやられて溶けはじめ。

　それでも溶けるのなんて気にしないで、蘭くんを見つめ

ながら食べた。

「なんだ？」

　見つめていたのがバレて──バチッと目が合った時には、すぐに逸らしてしまう。

　ダメだ……なんか、なんか、ムズムズする。

　ただでさえ、蘭くんとこうやって話せるだけでもうれしいのに、蘭くんが優しいと余計うれしい……でもやっぱ気味が悪い。

　そう、いろいろ考えちゃうくらい乙女心は複雑なんだよ。

　まあ鈍感な蘭くんは、アイスあげるぐらい別になんとも思っちゃいないんだろうけど。

「ら……蘭くんは、好きな子とか、いないの？」

　私も蘭くんも学生なんだし、勢いで恋バナしてもおかしくはないと思った。

　蘭くんのことが知りたいのと同時に、蘭くんが少しでも女の子に興味あるのか知りたくて。

　唐突に恋バナをしはじめた私を横目に、蘭くんの手には、もうバニラアイスは残っていなかった。

「俺にそんなこと聞いてどうすんだ？　恋愛なんて柄じゃねー……」

「でもほらっ！　蘭くんモテそうだし！　やっぱり付き合ってた子とかいるのかなー？　って」

「……いねぇ」

「えっ!?」

　返ってきた言葉が意外すぎて、驚いて夜道で転びそうに

なった。

「いないって……」

　そりゃあ私だって生まれてこの方、彼氏なんてできたことないけど、蘭くんは……見た目からして完璧で、絶対モテるもん。

　そんな人に彼女がいたことないなんて信じられなくて。

「じゃあ、女の子と遊ぶより、暴走族にいるほうが楽しかったの？」

　質問に質問を重ね、引かれないか不安だったけど。

「ああ、紫蓮想はいい奴らばっか集まってるからな。それに毎日退屈しないですむ」

　私との何気ない会話よりも、紫蓮想の話をしている時のほうが、蘭くん楽しそう。

　自然と続く会話に時間はあっという間に過ぎ、いつの間にか、マンションの手前まで戻ってきていた。

　するとマンションの自動ドア前で、派手な髪色をした男３人がしゃがみ込んだまま、タバコを吹かしている。

　こ……怖い。あの人たち、こんなところで迷惑だよ。

　サッと蘭くんの背中に隠れて、知らん顔をしてマンションの中に入ろうとしたのに。

「あっ、やっと来たな、紫蓮想の総長さんよ」

「待ちくたびれたぜ」

「ケガしたって聞いたが、なんだ？　女とデートかよ。余裕じゃん」

心の形 >> 107

　存在に気づいて、さっそく蘭くんと私を取り囲む男3人
は、地面にタバコを捨ててグリグリと踏みつけた。

　嫌な汗がタラリと額から流れはじめる。

　蘭くんの……仲間ってわけではなさそう。

　嫌な予感しかしない。

「ら、蘭くんこっち」

　役に立っているかはわからないけど、これでも一応、歩
夢さんに蘭くんのことを頼まれているんだから、お世話係
として、蘭くんを守る義務が私にはあって。

　私たちを取り囲む3人の間にできた隙間から、蘭くんの
ケガしてないほうの手を引っ張って逃げようとしたのに。

「……おっと！」

「きゃ……っ！」

　強い力で、私と蘭くんを引き離す金髪の男。

　男の力があまりにも強すぎて、ドサッ！と、その場で尻
もちをついてしまった。

「逃げようとしただろ？　今。残念ながらそうはさせない
ぜ。だって、百目鬼蘭を潰す絶好のチャンスだもんな〜」

「いや一、前から気に食わない面してると思ってたが、本
人を目の前にすると、もっと気に入らねぇ」

「ケガしてるって聞いてやってきたが、今なら俺らでも倒
せそうだな〜。百目鬼、腕1本しか使えねぇみてえだし〜？
ぶっ、無敵の紫蓮想の総長がケガとかマジだせぇ」

　煽るようなものの言い方。

　完全に蘭くんを下に見ている、この人たち。

ケガ人相手に、しかも３人でケンカ売るなんて……卑
怯すぎるよ。

　尻もちをついたから泣いているんじゃないけど、悔しす
ぎて勝手に涙が出てきた。

　なんでこんな卑怯な奴らに、蘭くんをバカにされなきゃ
いけないの？

　そりゃあ暴走族の総長なんてやっているんだもん……狙
われて当然なのはわかってる。わかってるけど、好きなん
だもん、守りたくなる衝動に駆られて何が悪いの？

　地面に手を押しつけて、勇気を振り絞って不良たちに言
い返そうと立ち上がろうとした。

　その時。

　──バキッ!!

「ぐっ……！」

　痛々しい音とともに、うめき声が聞こえた。

「……っあ……っ！」

　１人が倒れると、それが合図かのように、また１人倒れ。

　蘭くんがその長い脚を使って、器用に男たちの急所を狙
いはじめた。

　もう気絶しているのに、何度も何度も何度も、男たちの
お腹に、蘭くんは足先を食い込ませる。

　悪魔だと思った。

　意識のない彼らを手加減なしで、それも無表情で躊躇な
く蹴り続ける彼の姿を見て、恐怖で足がすくむ。

　違う。こんなのが見たかったんじゃない。

私はただ、蘭くんを守りたかっただけで……。

「やめ……っ、やめてよっ!!」

　喉の奥を絞りすぎて、やっと出た大声は裏返っていた。

　──ピタッと足を止めた蘭くんが、こちらに顔を向けた。

　怖い。怖い。怖い。

　無理だ。

　今、彼の顔をまっすぐ見る勇気が出ない。

　ザッ……と砂埃と靴の擦れる音で、蘭くんが私のほう
に近づいてくることが、顔を背けていてもわかった。

「……こっち向け」

「……っ……」

「向けっつってんだ、彩羽」

「──ッ!?」

　初めて名前を呼ばれた。

　でも、さっき見た蘭くんの姿があまりにも人間離れしす
ぎて恐怖のほうが大きかったから……彼と目を合わせられ
なかった。

　なんでこんな時だけ名前で呼ぶの?

　今まで一度だって呼んだことなかったじゃん……。

　複雑な心境に陥り、震えた体はものすごく正直で。

　でも彼を嫌いになれないのは、心に残った彼に対する特
別な感情が残っているからだ。

「……やっぱ、お前もそうかよ」

　うつむいてできた影のせいで、よく見えない蘭くんの顔。

　でも、表情が見えなくたって、どこか寂しそうな彼の声

が、私の心を不安にさせた。

「……えっ!?」

　器用に足先を使って伸びている男たちをどかしながら、蘭くんはポケットに入っていたさっき買ったアイスのお釣りを私の目の前に落とし、マンションの中に入っていく。

　数分たってまた私の前に戻ってきたかと思えば、部屋に置いてあった私の荷物を渡された。

　そして、ズボンのポケットから財布を出し、その中から数枚の札束を取り出すと、それを私の手に握らせる。

「タクシー代。それ持ってさっさと帰れよ」

「蘭くっ……!」

「……名前、気安く呼んでんじゃねーよ」

　冷たくあしらわれた。

　彼は私に背を向けて、マンションの光の中に溶け込んでいく。

　ねぇ、違うよ蘭くん。話を聞いてよ。

　怖かった……怖かったの。

　人を簡単に傷つける蘭くんの姿が怖かっただけなの。

　でも、私の今の恐怖心と蘭くんへの想いは……まったく関係ないものなんだよ?

　伸びた男たちの横で、私は涙をコンクリートに滲ませながら、ただただ泣いた。

　蘭くんは蘭くんなりに、少しずつ私に心を開いてくれていたんだと思う。

　それなのに、私が彼を怖がったせいで、彼に冷たい目線

を向けたせいで、彼はまた心を閉ざしてしまった。

　きっと彼にとって、怯えた顔で見られるのは慣れている
ことで。

　でも今、隣にいる人にまでそんなふうに見られたら、誰
だって傷つくよね……当たり前。

　切なそうに一瞬だけ顔を歪めた蘭くんのことが、頭から
離れない。

　今すぐにでも彼のほうに手を伸ばして、"違う"って言っ
てあげたいのに。

　違うって何が？

　彼を怖がっていたのは正真正銘私じゃないか……。

　生温い風が、私の不安を煽るようにすり抜けていった。

近づきたい、近づけない。

このままじゃダメだってわかっているけど、蘭くんに会う勇気も合わせる顔もない。

　結局あの日、謝ることもできずに、蘭くんに無理やり渡されたお金でタクシーを呼んで帰ってしまった。

　蘭くんに会えない日々が続く。

　勇気が出ないの。彼に会う勇気が……。

「最近元気ないね、彩羽」

　前の席に座っている光花が、心配そうに私の顔をジィーッと覗き込んでいた。

　あれから2週間後。時間は私の憂鬱な気持ちなんかお構いなしに流れていく。

　光花には、『ケガの看病で蘭くんの家に泊まることになったけど、デリカシーのない私が蘭くんを怒らせてしまいケンカしてしまった』……とだけ言ってある。

　あの状況をどう説明していいのかわからず、全部は話せなかった。

「……いろいろあったの」

「いろいろって、まさかあの男と？」

「うん」

「あの男、顔だけじゃなく性格まで冷たいなんて最悪ー！　彩羽に代わって、私がガツンと言ってあげようか!?」

「ちょっ！　光花それだけはやめてっ」

「だって！　彩羽を苦しめる男なんか地獄に堕ちればいいのよっ！」

近づきたい、近づけない。 >> 115

「ダメダメ！　悪いのは私なんだから！　蘭くんはちっと
も……悪くないの」
「……彩羽」
　するりと、体を前に倒して机に突っ伏す。
　光花は私の親友だから私の味方をしてくれるのは無理も
ないことだけど、蘭くんにとっては裏切られたような気分
なのかも。
　もしあの時、私がいなかったら、蘭くんはあの男たちを
気絶させるまで蹴らなかったと思う。
　私がいたから、私が女だから。
　――私が弱いから。私なんかを守るために。

　それから1週間。
　放課後、学校から出ると。
「――彩羽ちゃん？」
　聞き覚えのある声で名前を呼ばれ、後ろを振り返れば、
歩夢さんが立っていた。
「……歩夢さん？」
「彩羽ちゃん久しぶり。ごめんね、待ち伏せしちゃった」
　そう言って、校門横の壁にもたれていた歩夢さんが私に
近づいてくる。
　話を聞くと、前に私と初めて会った時も制服姿だったか
ら、どの学校かは把握していたらしい。
「お久しぶりです、あのっ」
　歩夢さんには蘭くんの腕が治るまで世話係を任せられて

いたのに、私は逃げ出してしまったんだ。

　向き合えなかった……。怖かった、あの時の蘭くん。

　思い出しただけで、今でも体が震えて、しっかりと歩夢さんを見ることができない。

「大丈夫だよ、彩羽ちゃん」

「……えっ？」

「どうせ蘭の奴が、ひどいことでも言ったんでしょ？」

「……っ、蘭くんは何も悪くないんです……ただ……」

「ただ？」

「蘭くんから、何か聞いてませんか？」

「蘭は自分のことは喋らないよ。でも俺は、彩羽ちゃんと蘭が一緒にいないことはうすうす気づいてた」

「知ってたんですか!?」

「うん。蘭の奴、他の女の子には冷たい態度をとるどころか、無関心なくせに君には構うんだもん。それに君に会ってタバコの量が減ったかと思えば、最近また多くなって、ずっとイライラしてたから」

「そー……ですか」

『蘭は自分のことは喋らないよ』

　歩夢さんの言葉が胸の奥に引っかかって、あの日を思い出させる。

　蘭くんから感じた闇。蘭くんは何かを隠している。

　いや、隠しているんじゃなくて抱えているんだ、大きな闇を。

「ねぇ彩羽ちゃん」

近づきたい、近づけない。 >> 117

「はい？」

「これ、蘭に渡してくれないかな？　君の手で」

　そう言って、歩夢さんはスーツのポケットから1枚の写真を取り出すと、私の手に握らせた。

　写真には、幼い男の子の笑顔ときれいな女の人が写っていた。

「これって……」

「これを持っていけば、蘭の気を引くことができるよ」

「えっ!?」

「それ、蘭の写真」

　このころの蘭くんはちゃんと笑えてたんだ。濁りのない目をしている。

「いつから……」

「ん？」

「いつからなんですかね……蘭くんがあんな冷たい目をするようになっちゃったのって」

「さあ？　それは蘭から直接聞いたほうがいいんじゃないかな？」

　返答に困った。そんなの無理に決まっている。

　だって蘭くんは、私のことなんか信用してないから。

　蘭くんのことを考えれば考えるほど胸の奥が痛くなって、思わず拳を軽く握りしめたせいで、写真が少しだけ曲がってしまった。

　慌てて折り目がつかないよう、写真をまっすぐに直す。

　気づいたら歩夢さんがジッと私のほうを見ていたから、

慌てて目線を思いっきり逸らした。

「クスッ」

「……なに笑ってるんですか、歩夢さん」

「いや、彩羽ちゃんって、ものすごくわかりやすいなーってね」

「わかりやすい？　私がですか？」

「うん。好きなんでしょ」

「へっ？」

「蘭のこと」

「——ッ!?」

　誰にも言ってないのに簡単に見破られて顔を真っ青にさせていると、歩夢さんはフッと笑った。

「大丈夫だよ、蘭には言わないから」

「なんでわかったんですか？」

「君のその目、見ればわかるよ。俺は蘭"くん"と違って鈍感じゃないから」

　言いながら、クスクスと妖しく笑う歩夢さんは侮れない。

　人のことを冷静に見て判断する、だけど不快なことは言わずにギリギリのラインを攻めてくる。

　そんな歩夢さんだから、蘭くんは隣にいることを許したんだと思う。

　歩夢さんのことが最初は苦手だったけど、なんだか少しだけ好きになれた。

「それじゃあ蘭に写真、ちゃんと届けてね。彩羽ちゃんの好きなタイミングでいいから」

近くにあった車に乗り込もうとした歩夢さんがドアの前で足を止めて、私のほうに振り返った。

「……彩羽ちゃん」

「どうかしました……？」

ちょっとだけ寂しそうな歩夢さんの声に、瞳が大きく揺れ動いて動揺してしまった。

「君ならきっと……蘭を」

「……？」

「……ううん、なんでもない」

その言葉の続きを言わないまま、歩夢さんは車に乗り込んで去っていった。

蘭くんのことを考えれば考えるほど、あっという間に月日は流れていき、いつの間にか、首元にはマフラーが欠かせない季節になっていた。

あの日歩夢さんに、蘭くんに渡してと頼まれた写真は、まだ私の手元にある。

そう、私の手元に。

まだ彼に渡せていない……2ヶ月以上たっても、会う自信がなかったんだ。

好きだから。好きすぎて。

彼を怒らせてしまった自分と、彼のすべてを受け入れられなかった自分にいまだに罪悪感を抱いているせいで。

――すべてが上手くいかないんだ。

前みたいに能天気に笑って蘭くんに話しかけたら、蘭く

んも笑ってくれる？

　もし私が会ったあの日から、ずっと蘭くんだけを見つめているって言ったら、どういう反応をするのかな？

　顔も声も、もう何ヶ月も見ても聞いてもいないのに愛しさが募って、彼を求める日々が、きっとこれからも続いていく。

　私の悩みだって、蘭くんは否定もせずにちゃんと聞いてくれた。

　あの悩みを打ち明けた夜。泣きそうな私を見て、口下手なはずの彼が、少ない言葉で励ましてくれたのは、彼なりの精一杯の優しさ。

　なら今度は、私が蘭くんのすべてを受け止めてあげたい。

　私なりの精一杯の優しさで、蘭くんにも人の優しさってこんなにも温かいんだよって、わかってほしいんだ。

　——だから。

「……」

　来ちゃった。

　息をのんで改めて見ると、蘭くん率いる紫蓮想の倉庫は大きすぎて不気味だ。

　歩夢さんに渡された蘭くんの写真に、倉庫の住所が書かれてあるメモが後ろにクリップで留められてあって、なんとか1人でここまで来れたけど。

　やっぱり歩夢さんって抜け目がない。この紙がなかったら、今ごろ私、迷子だったかもしれない。

近づきたい、近づけない。 　》 121

　えーっと……。
　倉庫の前まで来たはいいけど、どうやって蘭くんを呼び出そう？
　いきなり倉庫の中に入っていって、紫蓮想の人たちに怪しい人物だと誤解されたらめんどうだし……。
　後先のことなんか考えている余裕さえなかったから、早くも行き詰まっていると。
「あれ……？　彩羽ちゃん？」
　倉庫の裏からひょっこり顔を出して現れたのは、少し派手な私服姿の歩夢さんだった。
「歩夢さん」
　吸い込まれるように、歩夢さんの前に立つ。
　冬の風に背中を預けたら、もう寒さなんて気にならない。
　私、覚悟できたよ、歩夢さん。
「……今から、蘭のところに？」
「はい。歩夢さんに頼まれた写真を蘭くんに渡しに」
「そっか」
「遅くなっちゃって、ごめんなさい」
「ううん。彩羽ちゃんのタイミングで渡してって言ったの俺だし」
　写真で蘭くんの隣に写っているきれいな女の人が誰だかは、だいたい察しがつく。
　幼い蘭くんが安心しきっている表情を見れば、この人が蘭くんの母親ってことも、さらに心に闇を作らせた張本人だということもわかってしまう。

「ねぇ、彩羽ちゃん」

「はい？」

　──フワリと、

　歩夢さんが自分の首元に巻いていたマフラーを取って、私の首元に巻いてくれた。

「こんなに寒いのに……マフラーも忘れるなんて。よっぽど緊張してるみたいだね、蘭に会うの」

　……そりゃあもう。

　あんなに覚悟を決めたのに、いまだに心臓の音が鳴りやまないんだもん。

　私にとって蘭くんって、好きな人だけど、すっごく遠い存在でもあるから、いつだって彼に会うのは緊張するし、勇気がいる。

「彩羽ちゃん。今なら引き返せると思うんだ」

「……」

「別に、蘭が暴走族の総長やってるから関わるなとか、そういうんじゃなくて。蘭は本当に、俺ですら何を考えてるかわからない男だから……もし君がこの先、蘭と関わっていくなら傷つくことのほうが多いはず」

「歩夢さん……」

「一応、俺としてはこれでも止めたつもり。だけど、今みたいに傷ついて落ち込むくらいなら、蘭とは関わらないほうがいい」

　まっすぐな目で言われ、どう反応していいかわからなかったけど。

近づきたい、近づけない。 >> 123

「私、蘭くんに会ってきます」

　私は自分の気持ちに正直に歩もうと思った。

　蘭くんのことを知らないから、知らない分だけ知っていけばいい。

　どうせ傷ついても、会いたくなる。

　なら、傷つく覚悟だってできているはずだから。

　そんな決意を目だけで訴えると歩夢さんはニッコリと笑って、それ以上は何も言わなかった。

　いつも嘘くさい笑顔なのに、今だけは本当の笑顔を私に見せてくれた歩夢さんに、私も応えるように笑い返した。

「前に集会やってた土手、覚えてる？」

「忘れるわけないです。蘭くんをかばったつもりが、逆に蘭くんが私をかばってケガしたところですよね……？」

「うん、蘭はたぶん今そこにいると思う。倉庫にいない時は、だいたいあの土手にいるところをよく見かけるから」

　さっきまでずっと緊張していて、会うのだって怖かったけど、今はもう蘭くんに早く会いたくて、風で揺れているマフラーをギュッと力強く握った。

　歩夢さんが背中を押してくれたおかげで、少しだけ緊張が和らいだ。

　ここから土手は遠いからと、車を出してくれる歩夢さん。

　やっぱり何回乗っても慣れない高級車に乗り込むと、歩夢さんに口パクで『ありがとう』と伝えたあと、すぐにドアが閉まった。

数分して土手についた。

　目の前に広がる、夕日の光できらきらと輝く川は、静かに波打っている。

　土手に下りる階段に近づいて、1人の男の人の背中を見つける。

　後ろ姿を見ただけで誰だかわかっちゃうなんて、やっぱり私、重症なのかも。

　いろんな感情が胸を締めつけて、すぐにでも手を伸ばして、蘭くんの背中にしがみつきたい。

「ら……っ」

　名前を呼ぼうとしても、固く閉じた口が簡単に開いてくれない。

　どうしよう、好き。すき。スキ。

　久しぶりに見た彼に、想いが溢れて歯止めが利かない。

　ふと蘭くんが振り返って、私の存在に気づいたのか、階段を駆け上がろうとしたその足を止める。

　夕日で逆光になっているせいで蘭くんの表情が見えない。

　怖い、でも。

「蘭くん……っ」

　今、関係をつないでおかないと、本当にすべてが終わってしまう。

　歩夢さんにせっかく蘭くんに会う機会をもらったんだ。

　無駄にしたくない。

「……なんでお前がここにいる」

近づきたい、近づけない。 >> 125

　久しぶりに聞いた蘭くんの声は、それはそれは掠れて
色っぽく。

　私の目は彼にだけ集中する。

　一段一段、階段を上る蘭くんが私のほうに近づいてきた。

　息も止まりそうな思いで蘭くんだけを見つめていたら、
私の肩に蘭くんの肩が──トンッと、軽く触れた。

　だけど彼は足を止めずに、私の横を通りすぎていく。

　心が痛かった。

　勇気を出してここまで来たのに、簡単に存在を無視され
るんだもん。

　こうなることも予想していたのかな？　歩夢さん。

　蘭くんが私のことを無視するってわかっていたから、蘭
くんが無視できないような話題を出せるように、私に写真
を持たせたのかも。

「蘭くん、いいの？　そんな態度で。私、蘭くんの昔の写
真を持ってるんだよ……？」

「──ッ!?」

　ポケットから写真を出して、片手でヒラヒラと、蘭くん
に見せつけるように写真を持つ。

　悪役みたいなセリフに、自分でも笑ってしまう。

　無表情で、いつも何を考えているかわからない蘭くんも、
これには平常心ではいられないみたい。

　勢いよく振り返り、すごい力で私から写真を取り上げた。

「なんでお前がこれを持っている」

　これまでにないくらい、低い声を出す蘭くん。

「歩夢か？」

「……っ」

「あいつに捨てろと渡したこれを、お前が持ってるってことは……お前らコソコソ会ってたな？」

「……」

「ふざけんなよ」

　蘭くんの気迫に一瞬怯むけど、引き下がることだけはしなかった。

「いつもペラペラよく喋るくせに、こんな時だけ黙るのかよ。ほんっとウザイ女だな、お前」

　蘭くんはそう言って階段を飛ぶように駆け下りると、目の前に広がる川に、写真を投げた。

　──ヒラヒラ。

　写真が川にゆっくり落ちて、沈んでいく。

　彼は何をそんなにムキになっているんだろう。

　そんな辛そうな顔しながら、でもそんな呆気なく捨てちゃうなんて、なんか、なんか、それって、すっごく変だよ、蘭くん。

　そう思った瞬間から、私はいつの間にか、寒さも気にせず川に入っていた。

　制服が凍えそうな勢いで濡れる。

　誰も知らない。私が、私だけが知っている蘭くんの痛みを分かち合うために、飛び込んでしまったんだ。

「……っ。何してんだお前」

「探すの」

近づきたい、近づけない。 >> 127

「……はあ?」

「写真、探すの!!」

　全部、やけくそだった。

　なんにも言わないくせに、1人で勝手に怒って、憎まれ口を叩くくせに、じつはかなり心配性で、ほんとはずっと知ってたよ、蘭くんが優しいってことも、蘭くんが不器用ってことも、蘭くんが、何かに怯えているってことも。

　でも踏み込めるわけないじゃん……。

　だって私たちの関係って、友達にすらなってないんだもん。好きな人とどんな関係かわからないなんて、それこそ辛いってわかってよ、バカ。

「鈍感」

「あ?」

「無愛想」

「……」

「最低、意地悪、ツンデレ」

「……お前ケンカ売ってんのか?」

　こうなったら、言いたいことは全部ぶちまけてやろうと思った。

「おい、お前いつまでそうやって探してる気だよ」

　呆れたように言う蘭くんの声。

　川の中に入って、数分がたつ。

　寒いと感じることさえなくなって、手が真っ赤になっていた。

「見つかるまで、探す……から」

「見つかるわけねーだろ。川の流れも速いんだ、いい加減上がれ」

「でも……っ！」

「"でも"じゃねーだろ。バカかお前」

　呆れた蘭くんが、どんどん私との距離を縮めてくる。

「らっ……蘭くんまで川に入ることないじゃん！」

「お前だって入ってんだろ……どの口が言う」

「でも蘭くん風邪ひいちゃうよ！」

「うるせーよ、黙れ」

　そう言って、蘭くんは自分が濡れるのも構わず、私を抱き上げた。

「おっ、下ろしてよ蘭くんっ！　やだよ！　私、見つかるまで探すもん！」

「いい加減にしろ」

「……っ……」

　自由が奪われた今、蘭くんの低い声が異様に怖い。

「ほんと、もういいから」

「……らっ……」

「んなもん……なくなっちまったほうがいいんだよ」

　ぽそっと呟かれた彼の言葉にハッとした。

　彼の悲痛な願いが、口をついて出る。

「それに、お前に風邪引かれたら、困る」

　突然弱々しい声でそう言われ、振り返ろうとしたけど、きつく抱き上げられているので表情もわからない。

近づきたい、近づけない。 >> 129

　川から上がった時には、お互いびしょ濡れだった。
　風邪を引かれたら困るなんて……。
　少しでも心配されたことが、ものすごくうれしくて、寒いはずなのに、体が熱を帯びる。
　蘭くんはそのまま土手まで私を連れていき、優しく地面に下ろした。
「悪かったな」
「え？」
「あの時、お前に当たっちまって」
　一瞬申し訳なさそうに顔を歪めたけど、またいつもの無表情に戻る。だけど声色はいつもより柔らかく、優しい。
　あの時の蘭くん、気絶している不良相手に何回も蹴りを入れていたし、ものすごく怖かった。
　だけど私は、蘭くんと話せなかったこの何ヶ月もの間が一番怖かったよ。
「でもあれは……私も悪かったし……」
「ちげえよ……あれは俺のワガママだ」
「それってどういう、意味？」
　今の蘭くんになら、聞いても大丈夫なような気がした。
　だってこんなにも……優しい顔をしているから。
「お前が、俺のこと心配してくれてるのは、よくわかった。今まで……紫蓮想の奴ら以外、俺を本気で気にかけてくれた奴なんかいなかったからな」
　どこか照れを交えた表情が、私に見せてくれる蘭くんの喜怒哀楽が、こんなにも愛しいなんて。

「他人にここまで気にかけてもらえるなんて、俺もまだまだ捨てたもんじゃねぇなって本気で思える」

　——だから。

「お前に出会えてよかった」

　そう言って口角を上げた彼の表情を、私は一生忘れないと思う。

　いつからだろう。こんなにも蘭くんに夢中になって、もはや蘭くんなしでは生きられないようになってしまったのは。

「写真、捨てるより燃やしちまえばよかったかもな」

「あの写真……そんなに嫌な思い出なの？」

「ああ、最悪だ。"あの女"もあの写真のように、沈んでなくなればいいのに」

「でもあの人って……蘭くんの」

　"お母さん"だよね？

　そう聞こうとしたけど、蘭くんの無表情の中に隠されている辛さを見ると、やっぱり聞けなかった。

　蘭くんも私の言いたいことを察していたんだと思う。

　でも、これ以上彼の口から何も語られることはなかった。

「ズブ濡れだけど、なんか食ってくか？」

「えっ!?」

「俺の奢りだ」

「そっ、それって仲直り!?」

「……なんだ、そのダセェ言い方は。ラーメンぐらいなら奢ってやるよ」

近づきたい、近づけない。 >> 131

「えー、ラーメンって全然オシャレじゃないよー！」
「じゃあ食うな」
「うっ、嘘です、ラーメンでお願いします」
「はっ、なんだよそれ。結局奢られたいだけだろお前」
「ちっ、違うもん！　蘭くんと何か食べられると思うとうれしいんだもん！」
「……相変わらず恥ずかしいことをペラペラペラペラと言うな、お前」
「……だって、本当のことだし？」
「まあ、いいと思うぞ、そういう素直なところ」
「……っ!?　らっ、蘭くん!?」
「黙れ。それ以上何も言うなよ、早く行くぞ」
「うっ、うん!!」
　夜の世界に溶け込む蘭くんを見失わないように、その背中を追いかけた。
　とりあえず、ちょっとは進展できたのかな？
　……うん、友達にはなれたよね……きっと。

小説の音者

久しぶりに、お母さんの仕事の休みが取れた土曜日。

　お母さんが溜まりに溜まった洗濯物をしている間に、私は今夜の夕食の食材を買うため、家から少し離れた場所にあるスーパーに来ていた。

　わざわざ家から離れたスーパーになんで来たのかというと、蘭くんが住んでいる町だから、偶然会えたらいいなと思ったから。

　両手に買い物袋を持ってスーパーから出ると、ちょうど蘭くんが私の前を通りかかり、すぐに気づいて振り返ってくれた。

　まさか、本当に会えるなんて思っていなかったから、いざ本人を目の前にすると、なんて声をかけていいかわからなくて困惑していると。

「それ、お前１人で持って帰る気か？」

　私の両手の自由を奪っている買い物袋を見ながら、蘭くんは言う。

「うん！　お母さんに買い物を頼まれたから。このスーパー大きくて、いろいろな食材が揃っていいよね」

　本当は蘭くんに会いたくて、わざわざ遠出したなんて言ったら、さすがにストーカーみたいで引かれそうだから黙っておこう。

「女のお前じゃ、それは重すぎるんじゃないか？　貸してみろ」

「ええ！　いいよいいよ……っ、あっ！」

　遠慮して買い物袋を蘭くんから遠ざけようとしたら、ズ

心の侵入者 ▶▶ 135

ルッと滑って落としてしまいそうになった、けど。

「な？　お前の力だけじゃ無理だろ？」

　地面に落ちる直前、蘭くんが買い物袋を持ってくれた。

「あっ、ありがとう！」

「いい。とりあえず、駅まで送っていく」

　冷たく見えるのに、さりげなく優しいからカッコいいんだよなあ……この人。

　そして、点滅しはじめた青信号のせいで、急げ急げと交差点を渡りきったら、視線の先には誘惑。

　新しくできたと学校で噂されていたゲームセンターが今、私の目の前にあるじゃないか！

「えっ、嘘、ほんとに!?　これは行くっきゃないよね!?」

「おい……っ！」

　突然子供みたいにゲームセンターに飛び込んでいく私を見て、荷物持ちの蘭くんは後ろで呆れていた。

　ゲームセンターの中に入ると、機械音がうるさくて耳がやられそう。

　他のゲームセンターよりもゲームの種類が豊富で、ワクワクしてきた私の目に一番輝いて映ったのは。

「これ……欲しい」

　ＵＦＯキャッチャーの中に閉じ込められている、ふわふわの熊さん人形。

「……お前、こんなのが欲しいのか？」

　後ろからやってきた蘭くんが、バカにしたような言い方をする。

「かわいいものには目がないんです、私」

　そう言って、ＵＦＯキャッチャーの機械に100円玉を入れた。

「ん？　あれ？」

　ポチポチとボタンを押して操作しても、なかなか捕まってくれない熊さんの人形。

　もう1回。もう1回。もう1回。もう1回……。

「全然ダメじゃん!!」

　100円玉、何個入れたっけ……。

　数えるのも忘れるくらい下手くそすぎて、まったく取れないよ。しかも余計に端のほうに熊さんを行かせてしまったし。

「このヘタクソ」

　真横でずっと見ていた蘭くんが、呆れて私のおでこをつつく。

「だって私、ＵＦＯキャッチャーなんてやったことないんだもん」

「くだらねぇ物に金を使おうとするから、こうなんだ」

「ムッ。別にいいじゃん、私の勝手だよ」

「……どけ」

「えっ？」

「どけっつってんだ、代わりに取ってやる」

「う、うん」

　ＵＦＯキャッチャーVS蘭くん。

　蘭くんは大人っぽいから、ゲームセンターなんか絶対に

心の侵入者 >> 137

行かなさそうなのに。
「なんでそんな、上手いの？」
　一度に何個も景品を取っていく様子は、まさに神ワザ。
「ほらよ」
　ドヤ顔することもなく、鼻につくようなことも言わず、ポフッと私の胸に押しつけてきた熊さんの人形を素直に受け取る。
「あっ、ありがとう！　あの、でもさ。残りの景品、どうする気……？」
「あ……？　ああ。別にいらねーし、お前もらってけば？」
「いや、私はこれだけで……」
「そうか。じゃあ返すしかねーな」
　そう言って、蘭くんは店員さんに景品を機械の中に戻すよう指さしで合図した。
　一気に景品を取られて白目をむいていた店員さんも、うれしかったのかこれには涙目で対応。
　蘭くんが物に興味ない人で……よかったね、店員さん。

「ふふふっ、うふふふ」
　うるさいゲームセンターから出ても、抱き抱えている熊さんの人形のせいでニヤケが止まらない。
「おい彩羽、お前さっきから人形ばっか見てねーで、こっち向け」
　ムスッとした顔をこちらに向ける蘭くんが、なんだかとってもかわいい。

「なになに？　蘭くんもしかして、この熊さんに嫉妬？」

「黙れ、なんで俺がそいつに嫉妬しなきゃならない。人が
せっかく取ってやったのに、お前が俺にペコペコしないか
らだ」

「何それ、新手の照れ隠し？」

「あ？　ふざけんな。くだらねぇこと言ってねーでこっち
見ろ」

　蘭くんは私の顎を掴んで、強引に自分のほうに向かせる。

　──バチッと目が合い、その瞬間に唇が震えてしまった。

　怒った顔も相変わらずきれいで……ドキドキどころじゃ
すまされない。

　顔が爆発寸前まで赤くなった。

「お前、最近調子乗りすぎ。生意気な態度ばっかとってる
とキスするぞ」

「なっ……!?　なんでそうなるの!?」

「お前のファーストキス、俺が奪ってやったんだ。2回も
3回もあんまり変わらねーだろ？」

「変わる変わる！　軽すぎるよバカ！」

「やっぱ生意気。なんならこの場でセカンドキスといこう
か？　彩羽ちゃん」

「わーっ!!」

　涙目で拒もうとしても、迫ってくる蘭くんの顔に思わず
ときめいてしまう自分がいる。

　でもでも、ファーストキスの時は全然気持ちの入ってな
いキスだったから、蘭くんの唇は、ちょっとだけトラウマ

だったりする。

　だから、えい！っと子供騙しみたいに、蘭くんの唇に熊さんの人形を押しつけた。

「へへ……感触はどうですか？」

「……フカフカだな」

「そっか、よかったね……」

　ふぅ……なんとかかわせた。

　離れていく蘭くんの顔に寂しさを感じたけど、決して付き合っているわけじゃないんだ。

　いくら蘭くんのことが好きだからって、二度目のキスは流されたくない。

　今度する時は私たちが恋人になってから、なんて。

　そんなこと絶対にあるはずないと、１人で勝手な妄想に浸っていたせいで気づかなかったんだ。

　──隣を歩いている蘭くんの様子がおかしくなっていることに。

　それに気づいたのは３秒後。

　そろそろ駅につきそうなのに、急に足を止める蘭くんに違和感を覚えた。

「……蘭くん？」

「……っ……ハァ……」

「ねぇ蘭くん……？　どうしたの？　大丈夫？」

　蘭くんの額からは大量の汗。

　完全に正気じゃない、光を失った目。

　目を見開きながら息を荒げ、何かに取りつかれたかのよ

うに、蘭くんは前だけを見つめていた。

　私も彼の目線の先を追って、何が起こっているのかを確かめるだけ……だったはずなのに、その光景に絶句した。

　だって。

「ごめんなさい……っ！　もうしないから！　お願い許して!!」

「なんでちゃんと盗んでこなかったんだ!?　この役立たず！　ただで家に住ませてやってんだ！　それに加えてタダ飯まで用意しろなんて甘えんなよ。夕食ぐらい自分で用意しろよ！」

「痛い……っ！　ごめんなさいごめんなさい！　お父さんごめんなさいごめんなさい！　今度はちゃんと盗んでくるから……っ」

「役に立たねー息子はいらねーんだよ！　死んで詫びろ！　クソガキ」

　ここは住宅地で、ものすごく声が響きやすいのに、道のど真ん中で人目なんか気にせず、小太りの男の人が何回も、何回も、何回も、まだあどけない男の子のお腹を躊躇なく蹴っていた。

　最近児童虐待のニュースが多いけど、まさかその瞬間を目の当たりにするなんて。その光景に吐き気さえ覚えた。

　と……とにかく！　男の子を助けなきゃ!!

「ちょっと……っ！　何やってるんですか！」

　声も、体も震えていた。

　でも、見て見ぬ振りをすることなんてできなくて、怖く

心の侵入者 >> 141

てもこの勇気が誰かのためになるならって、その時は本気
で考えていた。

「ちっ……！　おい、来いクソガキ！」

　服の襟を父親に乱暴に掴まれて、助けを求める声さえ上
げることができなかった男の子は、幕が閉じるように家の
中に入れられた。

　——ドンドンドン！

「……っ！　逃げるなんて卑怯者！　警察呼びますよ！」

　壊す勢いで、何回ドアを叩いても無反応。

　だからといって、見過ごすわけにもいかない。

　——けれど。

「やめろ……」

　胸を手で押さえ、呼吸すらまともにできていない蘭くん
が、警察に助けを求めようとした私からスマホを奪った。

「ちょっ……蘭くん！　返してよ!!　じゃなきゃ、あの子
が大変なことに……っ」

「放っておけ……お前が関わる必要はない」

「なんで？　今の見たでしょ!?　あの子、あの男の人に虐
待されてるんだよ!?」

　それなのに、助けることを"やめろ"だなんて。蘭くん
は今正気じゃないから、そんなことが言えるんだよね？

　だって蘭くんは、誰かを見捨てるようなひどい人なんか
じゃないもん。

「スマホ……返して、返してよ!!」

　大声を上げながら、彼からスマホを奪い返そうとその手

を掴んだ。
　──その時。
「……っ」
　ドサッ……と膝をついて、急に蘭くんが倒れた。
　倒れたと同時にその手から離された買い物袋が勢いよく
落ちて、食材が地面に転がる。
「蘭……くん？　……ねぇ！　蘭くん！」
　ダメだ……軽く頬を叩いてみても応答がない。
　さっきまで元気だったはずなのに、なんで？　なんで急
に蘭くんは倒れたの……？
　とにかく助けなきゃと、震えた手で地面に落ちていたス
マホを拾って、救急車を呼ぶ。
　救急車が来るまで、そう時間はかからなかったけど、付
き添いで私も病院に行くことに。
　意識のない彼の手を握って、ただただ呆然としている私
には、今の状況が理解できなくて涙すら浮かんでこない。
「……っ」
　恋に浮かれていて気づかなかった。
　まだ触れたことのない蘭くんの心の闇が、動きはじめて
いたことに……。

壊れはじめのキミ

蘭くんが入院して、もう丸１日がたつ。

　お母さんを心配させないため、いったん家に帰ったけど、蘭くんのことがやっぱり心配で、朝早くから病院に来て居座っている。私の隣には、担当の先生が立っていた。

　真っ白な病院のベッドで眠る蘭くんは、もう目を覚まさないんじゃないかって思わせるくらい、肌が青白くなっていた。

「蘭くんは、重い病なんですか？」

　親も誰も、家族の人が病院にやってこない。

　すべての縁を切ったと、そう考えてもおかしくないくらいに。

　病院に大勢で駆けつけたら迷惑だからと、紫蓮想を代表して歩夢さんが駆けつけることに。

　歩夢さんが来るまで、蘭くんのそばから離れたくない。

「検査結果を見ても、あの子は命に関わるような病気は患ってないよ。ただ……」

「ただ？」

「予想だけど、重いストレスを抱えているみたいだ」

「蘭くんが……ストレスを？」

「ああ。何かトラウマになるような出来事を思い出したり、その瞬間一気にストレスが降り注いできたり。そういうことがあると、ショックで気を失うことがある。君は何か知らないかい……？」

「いいえ……」

「そうか。とりあえずは命に別状はないから今日はもう帰

りなさい。あまり寝てないんだろ？　目が充血している」

「……」

「君まで倒れたら元も子もないだろ？」

「……蘭くんが目を覚ましたら、連絡ください」

「わかった」

「ありがとうございます」

　病室から先生が出ていく背中を目で追うと、すれ違いざまに歩夢さんが入ってきた。

「──あっ。彩羽ちゃん」

「こんにちは」

「蘭はまだ、目を覚まさない？」

　蘭くんのことが心配で急いできたのか、歩夢さんの服は乱れていた。

　ベッドで眠っている蘭くんの顔を見て、歩夢さんが眉をひそめる。

　そんな歩夢さんに頷くことしかできない私は、なんて無力なんだろう。

「歩夢さん来たし、私そろそろ行きますね」

　急に込み上げてきた涙を隠すため、イスから立ち上がり、病室のドアに手をかけた。

「あっ！　彩羽ちゃん……っ」

　すると、いつも冷静な歩夢さんが切羽詰まった声で呼び止めるから、驚いて振り返る。

「……はい？」

「何があっても、何を言われても、蘭を信じてあげて」

その意味深な言葉に答えられる言葉が見つからない。

「ねっ？」

　もう一度問いかけられ、訳もわからず頷くことしかできなかった私。

　嫌な予感がした。だけど気のせいだと、不安がる気持ちを遮るように病室から出ていった。

　それから2日後。

　スマホに着信が入っていたことに気づいて折り返しかけると、病院からだった。

　病院からは『目を覚まし、意識もはっきりしているので退院した』と言われ、少しだけホッとした反面、蘭くんから一向に連絡が来ないことに、新たな不安が生まれる。

　授業をすべて終えた放課後に、蘭くんの住むマンションに行って何度ドアをノックしても応答はなかった。

　日が沈むまで、玄関の前で待っていても彼は現れなくて。

　この時間なら、きっと、きっといるかもしれない。

　そう勝手に決めつけて、向かった先は紫蓮想の倉庫。

　勇気を出して倉庫の扉を開けた。

　──ドックン。ドックン。

　心臓の音が、加速しはじめた時、勝手に開いた倉庫の扉に警戒していたらしい紫蓮想のメンバーが、扉のほうに体を向けて構えていた。

　だけど……開けた相手が私だとわかった瞬間、彼らは驚いた顔をして、戦闘態勢をやめる。

「やっぱり来たんだね……彩羽ちゃん」

　言いながらコツコツと靴音を鳴らせて、何人もの不良の先頭に立つ歩夢さんは、まるで私がここに来ることを初めから知っていたみたいな口ぶりで言う。

「歩夢さん」

　張り詰めた緊張感の中で、歩夢さんの顔を見たら少しだけ気持ちが和らいだ。

　やっと蘭くんに会える。

　会ってこの胸のザワつきをどうにかしないと。

「せっかく来てくれたのに、ごめんね。帰ってくれないか？」

「……えっ？」

　暗闇の中にほんの少しだけ残っていた光が、大きく瞳を揺らす。

　歩夢さんが私にそんなことを言うなんて、やっぱり今日は、ううん、昨日から変だよ歩夢さん。

　そんな私を突き放すような言い方……。

　違う、これは歩夢さんの言葉じゃない。

　その突き放す言動は……いったい誰が指示してるの？

「あゆ……む、さん。蘭くんに会いたいです」

「彩羽ちゃんごめんね」

「会いたい」

「……」

「……歩夢さん……」

「……蘭が」

「……」

「もし彩羽ちゃんが倉庫に来たら、追い出せって。総長命令なんだ……だから、ごめん」

　世界が一瞬で真っ白になる瞬間を、初めて体験した。

　そして、それは涙へと変わって、頬に滑り落ちてきた。

　なんで……。なんで私に顔を見せてくれないの？　蘭くん。

　1つ1つ、粉々になって消えていく欠片（かけら）が、私の心を壊していく。

　彼の隣にいたのは、たしかに私だった。

　"出会えてよかった"って、言ってくれたあの照れた顔は、全部私の心を踏みにじるための演技だったの……？

　冷たくてわかんない。

　凍てついた心の隙間さえ入れてもらえないなら、もう全部──消えてなくなってしまえばいいのに。

「彩羽ちゃん……」

　私の涙を拭おうとする歩夢さんの手を、勢いよく払った。

「……蘭くんを信じろって言ったくせ……」

「……っ……」

「歩夢さんがそう言ったくせに！　なんで邪魔するの!?なんで会わせてくれないの！」

　──なんで、私の味方をしてくれないの。

　それは、蘭くんが総長で歩夢さんが下の立場だから？

　……ううん、本当は歩夢さんだってきっと、蘭くんを助けてほしいと思っている。

　でも当の本人、蘭くんが1人で闇を抱えようとする。

壊れはじめのキミ **》** 149

　１人で何かに怯えてそれを封じて、誰にも助けを求めず、いったい蘭くんは何がしたいの……？
「……ごめんなさい……」
　心配そうに見つめる歩夢さんに、突然泣き出してしまったことを小さな声で謝った。
「彩羽……ちゃん」
　一瞬伸ばした手を引っ込めた歩夢さんは、とても辛そうな顔で私に手を貸すことを躊躇していた。
　もういいよ……歩夢さん。
　わたし、ちゃんと歩夢さんの立場、わかってるからさ。
　もう……いいんだ。
　今日はもう、蘭くんに会える気がしない。
　会えないならここにいる意味がないとわかっていたけど、帰りたがらない子供が駄々をこねるみたいに、わざとらしく足を引きずって倉庫から出た。
　潤んだ瞳から一粒も涙を流さないように、唇を嚙みしめて我慢した。
　我慢したから、ねぇ蘭くん。褒めてよ。
「……っ……」
　この前までちゃんと笑い合えていたはずなのに、なんでこうなっちゃうのかな……？
　せめて私にだけはちゃんと向き合ってほしかった。
　きっともう、遅いんだろうけどね。
　もしも魔法が使えたら、私は真っ先に何をお願いするのかな……？

蘭くんとの幸せな日々？

　蘭くんの気持ちを私だけのものにする？

　ううん、そんなの許されない、許されるわけがない。

　そんなお願いしたって、虚しいだけだってわかっている
から。

　私ならもっと、もっと単純で、もっと残酷な……。

　そう。

　願うなら、蘭くんと出会う前の自分に戻ること。

　求めるものも何もなかった、愛さえよくわかっていない、
子供のままの臆病な自分に戻りたいんだ。

　でも、そう願えば願うほど頭が蘭くん一色に染まって、
これじゃあまるで——愛じゃなくて、執着だね。

　過ぎ去る時間は、私の気持ちなんかそっちのけ。

　全然眠れない日々が続く。

　光が宿らない心に栄養を与えるため、光が有り余ってい
るネオン街を歩き回っていた。

　何やってるんだろう……私。

　こんなところに1人で来たって、どうせ何もできないく
せに。

　ここじゃあ、ちっとも心が休まらない。

　ここに来れば蘭くんに会えるかもなんて、少しだけ期待
していた健気な自分がバカらしくなってきた。

「……っ」

　あれ……？

壊れはじめのキミ　>> 151

　瞬きをしたら一瞬で気が抜けて、ポロポロと涙が溢れて
くる。
　ダメだ、止まらない。
　なんで、痛いよ。
　蘭くんに会えないだけで、こんなにも胸が張り裂けそう
なのに。
　神様ってズルい。どうにかしてもくれないんだ。
　空から見ているだけの神様ならいらないから。
　ねぇ……お願い。
　──蘭くんに会わせて。
　泣きながら歩いていても気にかける人なんかいないネオ
ン街は、朝と違ってやっぱり冷たい夜の世界。
　みんながみんな、見て見ぬ振りをする。
　地面に落ちては一瞬で消える私の涙なんか、この世界に
は必要ないのかも。
　知らず知らずのうちに大きく膨らんだ恋心は、蘭くんを
諦めることを許してくれない。
　体が記憶をなぞるように無意識に足を進めて訪れた場所
は、蘭くんがバイトしているカラオケ店。
　お店の窓から蘭くんがいるか覗こうとしたら、ちょうど
バイトを終えた彼がお店から出てきた。
　まだ心の準備ができていないのに、蘭くんを目の前にし
て、なんて声をかければいいかわからない。
　だけど、言葉より先に出てきたのは怒りだった。
　蘭くんに、持っていたカバンを投げつける。

——ドサッと蘭くんの肩に当たったカバンが一瞬で床に落ちた。

　蘭くんが私を睨む。

「……お前……ふざけんな」

「それはこっちのセリフだよ……！　なんで、なんで私の前からいなくなろうとしたの!?」

　私の言葉に、一瞬苦しそうに顔を歪める蘭くん。

　いつの間にか頬を伝う私の涙を拭おうと手を伸ばすけど、蘭くんはすぐにその手を引っ込め、背中を見せて歩きはじめる。

「行っちゃ……やだよ」

　引き止める方法なんか、そんな器用なことは知らないし、溢れてくる涙を止めることもできない。

「そばにいてくれないと死んじゃう」

　届いたらいいな……と小さく吐いた言葉は、ピタリと、意外にも蘭くんの足を止まらせた。

　そしてこちらに振り向く彼は、やっぱりどこまでも冷たい目をしている。

「テメェは俺がいないと死ぬのか？」

「……うん」

「本気で言ってるなら、お前はバカだ」

「……」

「俺が死んで困る奴なんか、この世に１人もいない」

「そんなこと……っ！」

　ない、のに。

蘭くんはその先の言葉を私に言わせないよう、唇で遮っ
てきた。

「んっ……!?」

　卑怯だ、卑怯だ、卑怯だ。

　そんなやり方で黙らすことしかできないなんて、蘭くん
は何もわかってない。

　私は蘭くんが好き。

　だから……特別じゃないとわかっているキスでもうれし
いのは、もう抜け出せないとわかっている永久迷路のよう
な恋に溺れているからなんだ。

「……はぁ……はぁ」

　互いの唇が離れ。

「……お前は」

　私から一歩距離を置く彼の目は、光を宿していなかった。

　その目を、一瞬でも怖いと思ってしまった自分が情けな
くなるけど……。

　光なんて、もうどこにも存在しない。

　彼にあるのは一色の闇だけ。

「お前は……虐待を受けてるあのガキを殺そうとした」

「──ッ!?」

　冗談か本気か……。この人はいったい何を言っているん
だろう?

　私があの子を殺そうとした……?

「ちがう!　私はっ」

「"助けようとした" とでも言うつもりか?　……ほんと、

テメェのお節介には反吐が出るぜ」

「……」

「今ごろ死んでるかもな、あのガキ」

「——ッ!?」

「家の中に引きずられた時のあのガキの顔、お前も見ただろ？　余計なことしやがって、って顔でお前を見てたの気づかなかったのか？」

「……」

「お前のその中途半端な正義が、あいつを殺したんだ。お前が助けようとさえしなければ、あのガキはあのまま、あの瞬間の痛みだけですんだのに」

「……」

「偽善ならもう少し上手くやらねーと、何もかも見透かされちまうぜ？　俺はお前のそういうとこが嫌いだ」

「……っ」

「大っ嫌いだ」

　吐くだけ吐いて、もう用なしとでも言いたいのか、彼は私に背中を向けた。

　——私はフラリとその場に崩れ落ちた。

　次の日。

　私は学校を休んで黒いフードを深くかぶりながら、虐待を受けていた子供の家の前まで来ていた。

　こんなこと……お母さんにバレたらきっと怒られる。

　でも、蘭くんに言われたことがもし現実に起こっていた

としたら……。

想像するだけで怖い。

私があの子を助けようとしたせいで、もしあの暴力男の逆鱗に触れていたら。

わたし、蘭くんの言うとおり人殺しだ。

責任も取れないくせに、簡単に人を助けようとするなんてバカみたいだ。

だからその責任……最後まで取ろうと思う。

私、あの子を助けるよ。

あの子の父親を警察に届けて、あの子を守る責任、最後まで持つから。

恐怖に溺れている体は、インターホンを押す人差し指まで震わせていて、数分たってやっとボタンを押せた。

──ピンポーンと静かに鳴るこの音を、今だけ嫌いになりそうだけど……。

見たところ、普通の一軒家。

汚いわけでもない……むしろ庭まで手入れが行き届いているぐらいだし、住んでいる人がよさそうな家だ。

この普通に見える家の中で、あんなひどいことが行われているなんて……いったい誰が疑うの？

普通すぎて怖い。

それとも普通だから余計怖いの？

「……」

……全然出てくる気配がない。

もしかしてお留守かな……？と、遠慮しながらドアを引

いたらガチャリと開いてしまった。

　鍵をかけないなんて、なんて不用心なんだろう。

　そう思いながらも、こっそり家の中に入る私も私だけど。

「……あの？　誰かいませんか？」

　体を前のめりにして玄関から家の中を覗くと、突然後ろから、ポンッと誰かに肩を叩かれた。

「──ひい‼」

　しかもまだ、その手は私の肩に乗ったまま。

　ここに来たことを後悔しても、今さら逃げるという選択肢がないことくらいわかっているから、ビクビクしながらも恐る恐る顔を後ろに向けると。

「来ると思ったよ、彩羽ちゃん」

「……っ⁉　歩夢さん⁉」

　サングラスにスーツ姿の歩夢さんが、柔らかい笑顔で立っていた。

「なっ、なんで歩夢さんがここに？」

「話はあと。とりあえず、今はここを出ようか。もうすぐ警察も来るし」

「け、警察⁉」

「子供への虐待の件は、もう解決したよ」

「えっ⁉」

　驚きすぎて思わず大きな声で反応してしまった。

　そんな私を見て、歩夢さんがクスッと笑う。

「俺が自首するように父親を脅しといたから」

　おっ、脅したって。

歩夢さんの口からそんな物騒な言葉が出てきたことに、またまた驚いてしまう。

　歩夢さんの話によると、事情を説明し警察に保護させたあと、離婚して別居していた男の子の母親に連絡が取れたということ。

　虐待の原因は、どうやら父親に新しい彼女ができてうとまれていたという、なんとも自分勝手な事情だ。

「心に深い傷は残ったけど、母親に抱きしめられてうれしそうに笑ったあの子の顔を見ていると、こっちまでウルッときちゃった」

「歩夢さん……」

「これであの子も幸せに暮らせるよ、まあ一件落着ってとこかな？」

　歩夢さんの話を聞いても、まだ完全に安心しきれていない私の体は震えていた。

　そんな私を安心させようと、サングラスを取ってニコッと笑ってくれる歩夢さんは、やっぱりどこまでも優しい。

　恐怖で動けない私の代わりに私の手を引いて、家の前に止まっている車に押し込んでくれた。

　急展開すぎて頭が追いついてくれない。

　でも……あの子、助かったんだ。

　何はともあれ、本当によかった。

　でも、なんで歩夢さんがあの子を助けたんだろう……？

　私と蘭くんしか知らないのに。

　それに、蘭くんが歩夢さんたちにあの子のことを喋った

としても、あの子を助けることを妙に拒んでいた蘭くんが、わざわざ歩夢さんたちに助けるよう命令するかな？

「なんで？って顔してるね。なんでだと思う？」

　どこまでも見透かしてくる歩夢さんが私に問う。

　私はまったく見当がつかず、答えられない。

　先に沈黙を破ったのは歩夢さんのほう。

「蘭が、君が絶対にあの家に来るから、面倒事に関わる前に"俺ら"で片づけとけって昨日の夜に連絡来たの」

「……蘭くんが？」

「うん、だけど。あっ、これ言っちゃダメなやつだから蘭には内緒ね？」

　そう言われ、こくりと頷く。

「あいつ、彩羽ちゃんのこと突き放そうとしてるけど、本当は心配でたまらないんだよ」

　言いながら、歩夢さんは弱々しく笑う。

「だから、君が面倒事に関わるのは蘭にとって不安でしかないんだ」

「でも蘭くん、私のこと大っ嫌いだって……」

「蘭は不器用だからね。過去のことを思い出して、彩羽ちゃんに当たっちゃったんだろうね」

「蘭くんの……過去？」

「うん」

　蘭くんの過去なんて知らないし、知りたいけど、知っていくことが怖いから知りたくない。

　そんな矛盾だらけの感情で蘭くんに接してきたせいで、

今こんな状況になっているのかな……？

「俺は、彩羽ちゃんになら話していいと思ってるよ、蘭の過去」

　そう言いながらタバコを吸いはじめる歩夢さんは、どこか辛そうだった。

　一緒にいて楽しい……だけの関係ならよかった。

　だけどそんな関係が続けられるほど、蘭くんが抱えている闇は軽くない。

　だから、彼自身をすべて受け止めてあげなきゃ本物の蘭くんには会えないのかも。

　それなら、答えは1つしかないよ。

「歩夢さん、わたし、蘭くんの過去が知りたいです」

　例えばすべてを知ってもう元の関係に戻れなくなるなら、それまでの関係だったってことだ。

　向き合えば心を開いてくれる……そんな単純な考えだけじゃ、もうすまされない。

　向き合えなくてもいい。ただ黙って蘭くんの痛みを私にちょうだい。

　それだけで私は……幸せだから。

「彩羽ちゃん、ついたよ」

　気づかないうちに、車の中で少しだけ眠っていたみたい。

　歩夢さんに肩を揺すられて目を覚ます。

　目を擦りながら車から出ると、連れてこられた場所は紫蓮想の倉庫。

「歩夢さん」

「大丈夫、今日は蘭も他の奴らもここには来ないから、も
し蘭に怒られたら俺が責任取るから、安心して入ってよ」

　きっと、ここじゃなきゃ話せない内容なんだろう。

　歩夢さんの言うことを素直に聞いて、倉庫の中に入ると。

「それじゃあ彩羽ちゃん……蘭の過去、話すね」

　ゆっくりと開いた歩夢さんの口を見て、身構える。

　知らない間に自分の過去を他の人から語られる人の気持
ちって、どうなんだろう。

　蘭くんとまだわかり合っていないのに、このまま蘭くん
の過去を勝手に聞いてもいいの？　そんな資格、今の私に
ある？

「歩夢さん、待って」

　息を吸って、動きはじめた歩夢さんの口を止める。

「どうしたの彩羽ちゃん？　やっぱり……」

　今の歩夢さんには、私が蘭くんを受け入れられないよう
に見えるんだろうか。

　不安そうな歩夢さんに、私は決意した表情で訴える。

「このままじゃ、やっぱりダメだと思う」

「彩羽ちゃん……」

「蘭くんの過去は……闇は、蘭くん自身の口から聞きたい」

　そうじゃなきゃ、一生蘭くんとわかり合えなさそうな気
がするから。

　あなたと出会って泣いてばかりだけど、あなたに会った
からこそ、強くなりたいって思えたんだ。

ねぇ私、あなたの心の隙間をどうしても埋めたいの。

だから、どんなに凍りついた過去でも、必ず溶かすと約束するよ。

——絶対に。

冷えて、いつか消えていく。

何度深呼吸しても落ちついてくれない心臓が、私の勇気
を試しているみたい。

　蘭くんの口から過去を聞きたいなんて、歩夢さんに大口
叩いたくせに、やっぱり彼の元へ行くのが怖い自分がいる。

　紫蓮想の倉庫にはバイクのヘルメットの予備がいくつか
置いてあって、その1つを私の頭にかぶせる歩夢さん。

「本当に、大丈夫？　彩羽ちゃん」

　心配そうに顔を覗き込んでくる歩夢さんを横目に、うる
さい心臓の音を落ちつかせるため、胸に手を当てた。

「……それじゃあそろそろ行こうか」

　言いながら倉庫の扉を歩夢さんが開いた瞬間、倉庫内に
夕日の光が一直線に差し込んできた。

　その光に目を細める。……きれいだ。

　倉庫の裏に置いてあるバイクを動かし、私の前にバイク
が止められる。

　歩夢さんが落ちないようにと貸してくれた肩を掴みなが
ら後ろに乗った。

「彩羽ちゃん」

　バイクを発進させる前に、歩夢さんが私の頭をヘルメッ
ト越しに撫でる。

　気のせいかな……？　歩夢さんの顔、少し不安そうだ。

「……蘭のこと、よろしくね」

「……」

「どんなにひどいこと言われても、蘭のそばから離れなかっ
たのは君が初めてだから、俺は君に賭けてるんだ」

冷えて、いつか消えていく。 >> 165

「……」

「愛される喜びを、蘭には知ってほしいから、あの凍って
しまった心を君が溶かして……ね？」

「……はい！」

　頷いて「それじゃあ行こう」と歩夢さんがバイクにエン
ジンをかける。

　発進するバイクにビックリして、不本意ながら歩夢さん
の腰に手を回した。

　きっと、私がどんなに頑張ったって、蘭くんの心の傷が
癒えることはないだろう。

　でもね、優しくすることはできるよ。

　その優しさは嘘偽りない蘭くんへの愛だから、見返りな
んていらない……ただ笑っていてほしい。

　――本当に、それだけなんだ。

　数分たって蘭くんの住むマンションについた。

「彩羽ちゃん、ついたよ」

　前から聞こえてきた歩夢さんの声に反応してバイクから
降りる。

　ごくりと唾を飲んで見上げた、蘭くんの部屋がある最上
階は、夕暮れの中で虚ろに見えた。

「んじゃ俺はここで」

　言いながら、私の肩を軽く叩く歩夢さん。

「えっ、歩夢さん帰っちゃうんですか？」

「当たり前、俺邪魔じゃん」

「そんなこと……」

「それに俺がいたら話にならないから。彩羽ちゃんと蘭、2人で話し合わなきゃ意味ないでしょ？」

「……わかりました。蘭くんのこと、任せてください」

歩夢さんの気持ちに応えようと深く頷くと、歩夢さんは微笑んで去っていった。

「……」

どうしよう、歩夢さんにはカッコつけてあんなこと言ったけど、正直、蘭くんに会うのが怖い。

また"大っ嫌いだ"って言われたらどうする？

あの時……本気で傷ついたんだよ、私。

でも、本当は蘭くんのほうがいっぱいいっぱい傷ついているんだよね……？

蘭くん、口は悪いけど本当は優しいし、ちゃんと温かい心を持っている。

過去に傷を負っても、彼は歪んでない。

歪むどころか、きれいなままだ。

真っ白だからこそ、汚されていくのかも。

でも、もう蘭くんが汚れていくのは見たくない。

全部終わらせよう……。そして伝えるんだ。

──好きだって。

決意するとともに、エレベーターに乗り込む。

最上階につき、静かに扉が開いた。

ドクドクと速まる心臓の音がうるさい。

冷えて、いつか消えていく。 >> 167

　どうしよう。どうしよう。
　──どうしよう。
「あっ……」
　蘭くんに会えるまで、あと5歩。
　でもその距離を縮めてくれたのは、部屋から出てきた蘭
くんのほうだった。
　私がいることに驚いて一瞬目を見開いた彼は、すぐに目
を細めて睨んできた。
「あれだけ言っても、また俺の目の前に現れるとか……。
お前はストーカーか？」
　無視されると思ったのに、先に口を開いたのは蘭くんの
ほうで驚きを隠せない。
　でも相変わらず、蘭くんの私を見る目は冷たい。
「ストーカー……したら、構ってくれるの？」
「バカなのか？」
「本気だよ。だって蘭くん、私のこと避けてるんだもん。だっ
たら私だって、会ってもらえるよう努力する」
「それでストーカーになるとか、お前、やっぱどっかおか
しい」
　おかしいのは当たり前、だって恋してるんだもん。
　オートロック式のドアを閉めて私の横を通ろうとする蘭
くんの腕を掴んだ。
　──逃がさないよ、絶対に。
「……離せ」
「嫌だ」

「お前……っ」

　蘭くんが、私から逃れようと思いっきり私の手を振り払った。

　蘭くんは数秒私を見つめ、背中を向けて歩き出す。

「ずっと……っ、待ってるから！」

「……」

「蘭くんが帰ってくるまで、ここを動かない……絶対に！」

　遠のいていく彼の背中に向かって叫んだ。

　絶対に、もう絶対に離してなんかやらない。

　蘭くんの気持ちなんか無視して、勝手な愛をぶつけるんだ。

　こんなにも直球に愛を向けられたことがない蘭くんは、どう見ても戸惑いを隠せていない。

　迷惑とか、そんなものどうでもいい。

　蘭くんだって私に冷たくしているじゃん。

　だったら私は振り向いてもらえるまでしつこく彼にまとわりついて、そして、愛を知ってもらうんだ。

　それから待ち続けて、丸１日はたったと思う。

　ご飯も水分補給もなしは、さすがにきついや。

　マンションの前で寝られるわけないから、おまけに寒いし寝不足ときた。

「ら……っ、くん」

　ねぇ、いつ帰ってくるの？

　私、大人しく待ってるんだよ？

冷えて、いつか消えていく。 >> 169

　信じて待ってる。ずっと……信じて……。
　焼けるような痛みがジワジワと喉の奥を侵略していき、声が出ない。
　でも、頭だけはふわふわしちゃって、ああ……意識が遠のいていくのがわかった。
　——コツコツと、どこか懐かしい靴の音が私の目の前で止まる。
　ゆっくりと顔を上げると、ボヤける視界には子供がぐちゃぐちゃと適当に描いたような絵みたいな、蘭くんの顔が映った。
「普通……丸１日も待つか？」
「……」
「やっぱお前、おかしい」
　ふわりと私を抱き上げた蘭くんが、器用に鍵をドアに差し込み、家の中に入る。
　夢みたい、蘭くんにお姫様抱っこされるなんて。
　ほんと、夢なら覚めないでほしいよ。
「へへっ……やっぱり戻ってきたね」
「まさかまだ待ってるとは、思ってもみなかったけどな」
「でもうれしいよ」
「もう……喋んな」
　お風呂に入ってないから汚れているのに、そんなの構いやしないと私をベッドに下ろす蘭くん。
「水、取ってくるから、動くなよ」
「あっ……ありがとう」

すぐにキッチンから戻ってきた蘭くんは、私の前にペットボトルを差し出す。

「ほら、水持ってきたぞ」

　手を伸ばして受け取ろうとしたけど、力が入らなくてペットボトルを床に落としてしまった。

　それを蘭くんが拾う。

「ごめっ……」

「こんなになるまで、なんで俺に構うんだ」

「……えっ？」

「なんで離れていかないんだ。おかしいだろ、俺と一緒にいたって苦しいだけなのに」

　冷たい言葉で突き放そうとしている蘭くんのほうが、本当はずっと苦しんでいるくせに。

　その心の闇も知らないまま、あなたから離れていこうだなんて……そんなこと思えるはずもない。

「苦しいだけでも、いいよ」

「……」

「苦しくても一緒にいたいもん。だって私、蘭くんのことが好きだから」

「——ッ!?」

「好きすぎて、本当どうにかなりそうで、毎日毎日蘭くんのことばっかりで……だから……っ……」

　泣きながら吐いた重い愛は、蘭くんの顔をひどいくらいに歪ませていた。

　ペットボトルのキャップが数回回され開いた。

冷えて、いつか消えていく。　≫　171

　それに口をつけた蘭くんが、水を口いっぱいに含み——
そして。
「んっ……」
　私の口の中に流し込む。
　熱を帯びた喉が、冷えていく。
　もう水は私の喉を通過したのに、角度を変えて何度もキ
スしてくる蘭くんは、なんだかとっても辛そうで。
「彩羽」
「……どうしたの、蘭くん」
　キスをやめて、今度は私の服を脱がしていく蘭くん。
「だ……っ！　ダメだよ蘭く……っ」
「本当に俺のことが好きなら……抱かせて」
「……っ!?」
「寒いんだよ……、違う女を何回抱いたって、心は冷えて
いく一方なんだ。なら……お前ならって……」
　寂しさで理性が保てなくなったオオカミは、私にすべて
を委ねようとしている。
　……怖い。だって私、初めてだから。
　だけど、こんなに辛そうな蘭くんの顔……もう、見たく
ない。
　初めてが蘭くんなら……幸せだよね。
　私に覆いかぶさる蘭くんは上半身だけ服を脱いで、その
服を床に落とす。
　——ギシリとベッドの軋む音と、波立つ黒いシーツ。
　以前お風呂で見た時の、体に残っている不自然な蘭くん

の傷跡を、あの時のように、そっと人差し指でなぞった。

「触んなよ、こんな汚ねぇもん」

「きれいだよ？」

「……どこが」

「蘭くんは、どこもかしこもきれいだよ」

「……っ……バカ」

　私の肌に触れてくる蘭くんの指が、髪が私の吐息を熱くさせる。

「んっ……」

「彩羽、こっち向け」

「やっ、……っ!?」

　蘭くんに触られるたび、体に電気が走って頭がクラクラする。

　私の唇を蘭くんが親指の腹で拭って、ギュッと強く抱きしめる。

　ああ、蘭くんの体温が気持ちいい。

「蘭くん好きだよ……大好き」

　この行為に愛がないことくらい、私にだってわかる。

　でも少しでも蘭くんの寂しさが紛れるなら、それでいい。

　それでいいから……、最後まで泣くな、私。

「ねぇ、蘭くんあのね」

"愛してる"

　その言葉を彼に告げたかどうかは意識がボヤッとしていたせいで、覚えてない。

　快感の波にのみ込まれ、私は意識を手放した。

冷えて、いつか消えていく。 >> 173

　パチリと目を覚まし、視界いっぱいに広がる天井は、初めてを蘭くんに捧げた私とは違って真っ白だ。
　……やばい。
　全然覚えてない。
　行為の最中に寝るなんて……わたし、最悪。
　起き上がって、床に散らばっている服を急いで着ていると——ガチャリと開いたドアから、蘭くんが現れた。
「彩羽……」
　申し訳なさそうに名前を呼ばれて、戸惑ってしまう。
　なんでまだ……そんな辛そうな目をしているの？
「私じゃ……ダメだった？」
　目線も合わせず震えた声でそう聞いた。
　冷えきった蘭くんの体を、私じゃ温めてあげることができなかったんだ……。
「……っ……彩羽、悪い」
　うつむく私の横に蘭くんが腰を下ろすと、ベッドがギシリと音を立てた。
「やっぱり私じゃダメだったんだ」
「違う彩羽、最後までやってない」
「……えっ？」
　今……なんて？
「本気で俺に向き合ってくれたお前を、簡単に抱けるわけねーだろ……!!」
　——ドンッ!!　と、蘭くんが部屋の壁を拳で叩く。
「……っ……!?」

それじゃあ、私のあの決意はなんだったの。

　本当に怖かった。

　初めて体験した快感と、自分が自分じゃなくなってしまう未知の世界。

　私が、私だけが気持ちよくなっちゃいけないのに。

「……っ」

「泣くなよ彩羽、俺はお前に泣かれると辛いんだよ」

「蘭くんには何回も泣かされてるもん」

「ああ、知ってる。だから俺なんかやめちまえ」

「……無理だよ、好きなんだもん。簡単に止められるほど、楽な恋じゃないもん」

「それでも俺は……お前の想いを受け入れられない」

「……」

「俺は……本当の意味で親からも誰からも愛されたことがない。だから、愛されることが怖いんだよ」

「……」

「俺はお前が怖くて仕方ないんだ。俺の心に簡単に入り込んでくるお前が……怖いんだよ彩羽」

「……ら、ん……くん」

　そっと目を閉じて、何もかも忘れられたら、どんなによかったんだろう。

　辛くて、苦しくて、痛くて。

　悶え死んでしまいそうなほど――。

　過去の辛い記憶って、なんでこんなにも私たちの心に深く刻まれているんだろう。

冷えて、いつか消えていく。 175

　蘭くんは自分自身にさえ怯えているんだ。
「蘭くん」
　見えないところに隠されていた傷に口づけをして、それ
を見つめる。
「消えねぇよ、何があっても」
「汚くなんかない、それに無理に消さなくていいんだよ。
痛みに耐えて、それが生きた証なら恥じることじゃないか
ら」
「……」
「蘭くんは勇敢だね。私なら逃げてるよ。でも蘭くんは、ずっ
と、きれいなままだ」
「お前……俺の過去を知ってたのか」
「ううん。でも、過去なんて関係ないよ」
「……」
「蘭くんの鼓動が聞こえてくるたびうれしくて、私の心臓
が止まりそうになるの。きれいだよ蘭くん、何もかも気に
ならないくらい蘭くんはきれいなんだよ」
「……っ」
　気持ち悪い、汚いと決めつけ、絶対に人には見せられな
いものだと隠して生きてきた傷。
　それを、まさかきれいと言われる日が来るなんて思って
もみなかった。
　——そう言って、彼は私の肩に顔をうずめて静かに泣い
ていた。
　私は子供をあやすように蘭くんの頭を撫でる。

──サラサラの黒髪。

　彼にしかない、トラウマ。

　全部欲しい。

　痛みも、彼の過去も、全部欲しくてたまらない。

「彩羽……ごめ……」

「……うん」

「傷つけてごめん……っ」

「……うん」

「八つ当たりばっかりで、ごめん」

「うん、いいよ」

「それと……」

"好きになってくれて、ありがとう"

　柔らかい表情で蘭くんが私に言う。

　ズルイよ蘭くん……そんな優しい振り方。

　でも、安心しきった顔で私を抱きしめる蘭くんがかわい

いから、不思議と傷つかない。

　私も蘭くんにくっついて軽く目を閉じた。

　溺れていたいの。ずっと彼に。

　忘れない、忘れられない、忘れたりなんかしない。

　きっとこれから先、蘭くん以上に好きになれる人なんか

いないから。

　私にはずっと蘭くんだけ。……蘭くんしか、いらないん

だ。

「初めて会った日、お前は何もかも俺に打ち明けてくれた

よな？」

冷えて、いつか消えていく。 >> 177

　ベッドから上半身だけ起こす蘭くんを薄く開いたまぶた
の隙間から見て、私も体を起こそうとするけど、彼の大き
な手が私の肩を押さえつけるから起き上がれない。
「どうしようもねぇ……終わった過去だが、お前には聞い
てもらいてぇ」
　そう言って彼は口を薄く開き、心にこびりついて離れな
い闇を語りはじめた。

絶対零度
【蘭side】

空気を吸って吐いて、吸って吐いてを繰り返すだけの、どこまでも平凡な人生だった。

「いってらっしゃい、蘭」

「母さん、行ってきます」

　エプロン姿の母に見送られながら、俺は学校に行くのが楽しみでしょうがない。

　勉強や運動を頑張れば頑張るほど褒めてくれる母さん。

　大人に褒められると、自分が一人前だと認められている気がしてうれしかった。

　父さんは口下手だから母さんと違って、あんまり褒めてくれる人じゃない。

　だから俺は、褒めてくれる母さんに無意識に懐いていた。

　母さんは俺にやる気をくれる。だから俺は母さんが大好きなんだ。

　自分自身の成長の喜びは、いつしか母さんを笑顔にしたいがためのものになっていた。

　そんな俺にもライバルはすぐ近くにいる。

「ただいまー！」

　学校が終わってすぐに友達と虫取りに行ったせいで、服は泥だらけ。

　靴も揃えずに、俺はドタバタ走ってリビングに直行。

「母さん！」

　満面の笑みで叫ぶと、母さんは後ろを振り返って「おか

絶対零度【蘭side】 >> 181

えり」と言ってくれた。

　だけど……。

「母さん……また鈴と遊んでんのかよ」

　俺は嫉妬を含めた目で弟の鈴とオモチャの赤い車を床に走らせている母さんを見て、ため息をついた。

「兄ちゃんおかえりー！」

　鈴は無邪気な笑顔で俺の脚にしがみつく。

　俺は鈴が嫌いだから、ベタベタされんのも嫌だし、ムカついて頭を軽く叩いた。

「うわーん！　兄ちゃんが叩いた〜！」

「こらっ！　蘭！　ダメでしょー、鈴イジメちゃ！」

「別にイジメてねーよ。小３にもなって母さんにベタベタしてる鈴がキモイだけ」

「弟に"キモイ"だなんて言葉使っちゃダメよ？　それに鈴はまだ小学３年生なの。お母さんに甘えたっておかしくない年よ？」

　それなら俺だって、まだ小５だ。

　母さんに甘えたいのに、いつも鈴が母さんをひとり占めしているせいで、なかなか甘えることができない。

　くだらない話をしたり、俺だって本当は母さんと遊んだりしたいのに……。

　学校から帰ってきたら、母さんの隣を独占しているのはいつも鈴。

　しかも、こいつに悪気がないのがまた腹立つ。

「母さんは、そんなに鈴が好きなのかよ」

「自分の子供だもの……もちろん蘭のことも大切よ？」

「どーだか。本当は鈴のほうが好きなんじゃねーの？」

「蘭!!」

　拗ねて自分の部屋のドアを乱暴に閉める俺、めちゃくちゃカッコ悪い。

　母さん……傷ついたかな？　でもしょうがねーじゃん。

　だって、いつも母さんは鈴のことばっかりだ。

　母さんのことは好きだけど、鈴のことばかり構う母さんは嫌い、大っ嫌いだ。

　ベッドに倒れて枕に顔をうずめていたら、いつの間にか眠っていたらしい……。

　目を覚まして目覚まし時計を見ると、夜中の10時だった。

　やべぇ、ご飯もお風呂もすませていない。

　ふと泥だらけの自分の姿を見て、完全に目が覚めた。

　とりあえず風呂だけ入ろう……。

　母さんたちを起こさないように静かに歩いて、風呂に向かっていると。

「……あれ？」

　母さんと父さんが寝ている部屋のドアの隙間から、明かりが漏れている。

　父さんと母さん……まだ起きてんのかよ。

　朝起きて謝ろうと思ったけど、昼間のことは今のうちに謝っておいたほうが、このモヤモヤも消える。

　俺は母さんに謝ろうと、母さんたちのいる部屋のドアノブに手を伸ばした。

すると。
「もう限界よ！　子供たちの面倒を見るのを私にばっかり
押しつけて！　夜は遅いし、あなた浮気してるんでしょ!?」
「浮気!?　するわけないだろ！　それに専業主婦なんだか
ら子供の面倒くらいお前が見て当然だろ！」
「鈴は、あなたと遊びたがってるのよ!?　父親として少し
は鈴の気持ちも考えてあげたらどうなの!?」
「何が鈴だ！　お前には鈴のことしか頭にないのか！」
　一緒に暮らしているのに気づかなかった光景は、あまり
にも残酷で、息をのむのも辛いくらいに吐息が漏れる。
　父さんと母さん……俺と鈴の前では仲よくしているの
に、なんで急にケンカなんかしてんだよ……。
　俺らの前だから、仲のいい夫婦を演じていただけか？
　なら父さんと母さんは……。
　顔色が青に染まり、体が強張って動けない。
　誰かに押さえつけられて、現実を無理やり見せられてい
るみたいだ。
　──パンッ!!!
　乾いた音が部屋中に響く。
　１回だけならまだよかったのに、その音を合図にして、
父さんは母さんの頬を何回も叩いた。
「やめて……っ！　やめてよ！」
「うるさい！　女は黙って男の言うことを聞いてればいい
んだ……っ！」
「……っ！」

父さんは怒りが収まるまで母さんを叩き、殴り、そして
蹴り続けた。

　見たことのない父さんの鬼のような形相に怯えて、俺は
母さんを助けることができなかった……。

　地獄のような光景がやっと終わり、2人は息を荒らげて
いた。

　父さんはベッドに倒れ込み、母さんを殴った真っ赤な拳
を天井に向かって突き上げて、息をすることさえ忘れた
屍 のように口を閉ざしていた。

「あっ……」

　力が抜けてその場で尻もちをついている俺を、部屋から
出てきた母さんが驚いた顔で見ている。

　……最悪だ。

「蘭……」

「母……さ、ん」

「ずっと見てたの……？」

　言い訳する？　してなんになる？

　俺は黙って頷く。

　母さんは一瞬泣きそうな顔を見せたけど、グッと堪えて
俺の前にしゃがみ込んだ。

「蘭、覗いちゃダメでしょ？」

「でも母さん……っ！　父さんにっ！」

　冷静ではいられない俺の口を母さんは右手で押さえて、
左手の人差し指を母さん自身の口元に持ってきた。

絶対零度【蘭side】 >> 185

「しー……。父さん、今は冷静じゃないから、蘭が見てた
ことを知ったら、また取り乱しちゃうわ」

「母さん……っ」

「蘭は優しいね。母さん、蘭のこと好きよ。蘭だけが母さ
んの支えなの」

「……鈴……よりも？」

「鈴のことも大事だけど。母さんはね、蘭がいるから生き
ていられるの。母さんには蘭がすべてなの」

　鈴じゃない、母さんは俺を選んだんだ。

　母さんの言葉に、俺の長年の鈴への恨みが晴れていく。

　鈴、なあ鈴。

　お前はこの何年間、母さんの隣を独占し、母さんのお腹
にいた時から、俺から母さんを奪った悪魔だ。

　だけど悪魔は、いつかは祓われる運命。

　俺は鈴に勝ったんだ。

　母さんの愛情は、俺だけに向いていた。

　俺だけに向いていたんだよ……。

　小学５年生の冬。

　母さんと父さんの関係が、あれからどうなっているのか
わからない。

　でも、この歪な夫婦生活は続いている。

　母さんは肌を見せる服を着ることはなくなった。

　だけど俺は知っている。

　冬だから長袖を着ているわけじゃない。

母さんは父さんに殴られた跡を隠すために、首元まである服を着ているんだ。

「……蘭、最近学校はどうだ？」

　テーブルを挟んで、俺の前で新聞を広げながら食パンをかじっている父さんが話しかけてきた。

「別に、普通」

「そうか」

　母さんを殴っている罪悪感を消すためか、最近やたらと俺に話しかけてくる父さん。

　……父さん、俺は知ってんだぜ？

　あんたが母さんを殴っていること。

　でも俺、あんなに好きな母さんでも、あんたが怖すぎてなんも言えねーんだよ。

　頼むから、母さんが好きなら暴力なんかやめてくれよ。

　暴力は何も生まないってこと、大人なら知っていて当然だろ？　なあ、父さん。

「いってきます」

「蘭、給食袋忘れてるわよ」

「あっ、ありがとう母さん」

　玄関で靴を履いている俺の頭を、給食袋を渡すついでに撫でてくれる母さん。

　母さんの手は温かくて好きだ。

「もう、蘭は忘れん坊ね」

「忘れても、母さんが思い出させてくれるだろ？」

「あらー？　どうかしら。母さん、ずっと蘭のそばにいる

わけにもいかないしね」

「……俺は、ずっと母さんの隣にいたいよ」

「蘭も大人になったら、私から離れていくのよ」

「そんなことねーよ!!」

「……蘭」

　母さんにとっては何気ない会話でも、母さんのことが大好きな俺は、そんな話をされてもイライラするだけだ。

　怒りをぶちまけるように、思わず大声を出してしまった。

　ハッと我に返って、恐る恐る母さんの顔を見上げる。

　母さんは眉を下げたまま口角だけを無理やり上げて、作り笑いを浮かべていた。

「ご、ごめ……っ」

「うん、ごめんね。今のは母さんが悪かったね」

「……母さんは悪くねーよ。ただ、俺まだ小学生だもん。母さんの隣にいたいよ」

「うん、そうだね。母さんも蘭の隣にいるから。ずっといるから、ね?」

「……うん……っ!」

　お互いの小指と小指を絡めて、約束した。

　指切りげんまんなんて子供騙しな約束、いつ破られるかわかんねぇけど、母さんは俺を、俺は母さんを求めている。

　それだけ、母さんと俺の絆は深いんだ。

「じゃあ行ってくるね、母さん」

「いってらっしゃい、蘭」

　いつもの朝。

いつもと何も変わらない光景。

　いつもと……何もかもが同じで、俺は見えていなかったんだ。

　俺が玄関を出ていく姿をジッと見つめて、涙を流している母さんの姿を。

　俺は母さんの異変に気づくことなく、学校まで走った。

　ひたすら走った。

　日常が音も立てずに崩れていることに気がつかないまま、俺は今日も、子供という義務を果たすんだ。

「らーん！　何してんだよ、今日も虫取りに行こうぜ〜」

　友達に名を呼ばれ、ハッと我に返る。

　机の横に下げられているランドセルを背負って、学校という名の鳥カゴから抜け出した。

　放課後だけは、友達といる時だけは、何もかも忘れられるから好きだ。

　心のどこかで俺は……父さんと母さんの関係、いや、殴られても黙って夫婦関係を続けている母さんに、少しだけ不信感を抱きはじめていたんだ。

　あの日、見た光景から……俺は少しだけ母さんが怖い。

「やっぱ冬の虫って、あんまりカッコいい奴いないな〜」

「そうだな〜。カブトムシとかクワガタとか、夏の虫は強くてカッコいいよな〜！」

　街から少し離れた自然だらけの場所に来て、子供らしい会話が木の下から聞こえてくる。

俺は１人、木に登ってぼんやりしていた。

「……俺、やっぱ今日は先帰る」

　手も使わずに木から器用に下りて、俺は友達２人にそう
言った。

「ただいまー」

　家についたころには、あたりは暗くなっていた。

　——ガチャリと開いたドア、いつもは明るい部屋の中が
今日は電気がついていない。

「……母さん？」

　リビングにひょっこり顔を出しても、この時間はエプロ
ン姿でご飯を作っているはずの母さんの姿がない。

　おかしいな……。買い物にでも出かけたか？

　でも、出かけるなら俺が帰ってくることわかっているか
ら、電気はつけっぱなしで行くはずだよな？

　階段を上がって自分の部屋に入る前に隣の鈴の部屋に立
ち寄っても、鈴もいない。

　んだよ……また鈴と母さん２人だけで出かけたのかよ。

　鈴ばっか、ずりぃよなー。

　俺だってたまには母さんと２人っきりになりたいのに。

　口を尖らせて、頭の中で愚痴を吐いてみた。

　暇だしさっさとお風呂をすませて、ソファに座りながら
リビングでお笑い番組を観た。

　部屋中に響く、テレビから聞こえてくる笑い声。

　楽しいはずのお気に入り番組なのに、家の中が静かすぎ
てつまんねぇ。

いつも母さんが必ず家の中にいる安心感。

なのに、今日はそれがない。

——不安だ。

「……っ」

ダセェ……。

1人になると、父さんが母さんを殴っている場面が脳裏にチラついて、怖くて涙が出てくる。

母さん……早く帰ってきてくれよ。

そう願って、ソファに添えてあるクッションに顔をうずめて涙を隠した、その時。

——ガチャッ、バンッ!!

乱暴にドアが閉められる音が、玄関のほうから聞こえてきた。

「母さん!?」

走って玄関のほうに向かった。

だけど。

「……父さん」

シャツのボタンが3個も開いているだらしない父さんが、玄関先で倒れていた。

そんなダサい父親の姿を見て俺はげんなりした。

……つか、酒くせぇ。

「父さん……、酔っ払ってんの?」

「酔ってねぇ、酔ってなんかいませーん」

……完全に酔ってんな、これ。

父さんの腕を俺の肩に回して、部屋まで運んだ。

今日の父さんは少し変だ。

　普段は酒なんか……あんまり飲まないくせに、今日はどうしたんだよ。

　いつも無口な男が、酒でこんなにもみっともなくなってしまうなんて。父さんも仕事で疲れているんだな……。

　ダブルベッドに1人で横たわる父さんは、少しだけ寂しく見える。

　父さんに布団をかぶせて、俺も部屋に戻って寝た。

　その夜、結局母さんは帰ってこなかった。

　──パリーンと。

　食器が何度も割れる音で目を覚ました。

「父さん!?」

　起きたばかりなのに、珍しく意識がはっきりしている俺が、階段を駆け下りてリビングに顔を出した時。

「あのクソ女……っ！」

　父さんは部屋中をめちゃくちゃにしていた。

「父さん！　やめろよ！　何してんだよ！」

「離せ蘭！　あの女だけは絶対に許さねぇ！　いつか絶対に殺してやる！」

「落ちつけって父さん！」

　あの女って誰だよ……。まさか母さんのこと？

「母さん、まだ帰ってきてないのか？」

　部屋を見渡しても、俺と父さん以外の存在感が感じられない。

暴れていた父さんが、時間が止まったかのようにピタリ
と静かになる。

「……蘭」

　急に俺のほうを向いて、切なげに歪んだ顔を向けてくる
父さん。

　ピリッと変わり出す空気に、息をのんだ。

　どうしたんだよ父さん。そんな目で俺を見つめんなよ。

「蘭、……母さんは……」

「何……」

「母さんは……」

「だから……なんなんだよ！」

　その先を言わない焦れったい父に、息を荒らげて怒鳴っ
てしまった。

　父さんは目をつむったまま、ゆっくりと口を開く。

「母さんは、もう戻ってこない」

「……はあ？」

「だから、出ていったんだよ」

「……」

　はは……なに言ってんだよ父さん。

　もしかして俺を脅かそうとしてるの？

　何バカみてえなこと言ってんだよ？

　この世で一番聞きたくない嘘を、実の父親に言われてい
る俺の身にもなれよ。

「父さん、いくら母さんのことが嫌いだからって、そんな
嘘はよくねーよ」

絶対零度【蘭side】 >> 193

「嘘じゃない」

「エイプリルフールはまだ先なんだけど」

「蘭」

「ん、だよ」

「……本当だ」

「……」

「あいつは俺名義で借金をして、おまけに今朝、離婚届を
テーブルに置いて逃げた」

「……」

「母さんは、俺とお前を裏切って出ていったんだ」

「──ッ!?」

　嘘だ……。

　母さんが俺を置いて出ていくはず……ねーだろ？

　笑えない冗談だ。

「それなら……なんで鈴はいねーんだよ」

「……」

「なあ!?」

　父さんが顔を歪める。

　俺は父さんの複雑な気持ちを無視して、父さんの腕を乱
暴に掴んだ。

「……鈴は……」

「……」

「母さんと一緒……だと思う」

「鈴が……母さんと一緒……」

　呆気にとられている俺に、またも残酷なことを父さんが

口にする。

「蘭、よく聞け。お前は母さんの……本当の子供じゃない
んだ」

　現実なんて、それなりに上手くできているものだと思っ
ていたが、どうやらそれは逆みたいだ。

「本当の子供じゃないって……それ、どういう意味だよ。
なあ!?」

　父さんの胸ぐらを掴んで何度揺らしてみても、父さんは
それ以上を語ろうとはしない。

　それじゃあ俺は、俺は母さんのなんなんだよ。

　俺がすべてだって、俺だけが支えだって、俺がいるから
生きていられるって、俺の隣にずっといるって……母さん
が言ったんじゃないか。

「……っ……ぐっ……」

　鈴に負けたのが悔しいのか、それとも捨てられて悲しい
のか、よくわからないけど、俺は、自分の目が涙の圧で潰
れそうになるまで泣いた。

　声が枯れるまで泣いたんだ。

　1人でバカみたいに母さんを好きだと言って、母さんだ
けが俺の唯一の理解者だと思っていた。

　なのに母さんが選んだのは鈴。

　母さんは……俺を裏切ったんだ。

　愛情なんて簡単になくなるものなんだとわかり、愛情な
んてものを信じていた自分に吐き気を覚えたこの日。

黙って泣くことしかできなかった俺は現実を受け入れ、母さんへの愛を捨てた。

　そして、大好きだった母さんの愛情がなくても生きていられることを無理やりにでも思い知らされたのは、隣に母さんがいなくても、月日は流れていくことを知ったから。

　いつの間にか俺は、背が伸びて顔つきも変わり、大人の道を一直線に進みはじめる中学生になっていた。

「百目鬼くん、あの！　よければ付き合ってください！」

　教室で大胆な告白。

　目の前には顔を赤らめている女。

「……百目鬼くん、聞いてる？」

「……」

　聞いてないって言ったら怒るんだろ、どうせ。

「興味ない」

　教室にいる生徒全員の前で公開処刑。

　女は泣いて教室から飛び出していった。

「百目鬼ひでぇー」

「あの子けっこうかわいかったのにな、もったいない」

「まあ、あのくらいじゃあ、百目鬼は靡かねぇよ」

　女に興味がある年頃の男子生徒は言いたい放題。

　でも、考えてみろよ。

　俺が振るかもしれねーのに、そんなこと考えもしないで自信満々に教室で告白する女のほうが悪いだろ。

　「サイテー……」とか言っている女子生徒も、俺が顔を

向ければ顔を赤くする。

　女って男よりバカで単純だ。

「やっほー百目鬼くん」

　後味の悪い雰囲気を教室に残したまま教室から出て購買部に行く途中、廊下を歩いていると誰かにポンッと軽く肩を叩かれた。

「……んだ、歩夢か」

　後ろを振り返れば、中学に上がって最初に絡みはじめた堂本歩夢が立っていた。

「これからどこ行くの？」

「購買にパン買いに行く」

「そうだと思って蘭の分も買っておいたよ、はい」

「……どーも」

　渡された焼きそばパンを素直に受け取る。

　俺たちは屋上でパンを食べて休み時間を潰した。

「なあ歩夢」

「ん？」

「女とやるのって、そんなに気持ちいいのか？」

「……急にどうしたんだよ、蘭。女嫌いのお前が珍しいこと聞くじゃん」

「あー……なんか毎日退屈でしょうがねぇから。そろそろ女でも食ってみようかと」

「……サイテー……」

「それ、女に言われ慣れてる」

「蘭の告白の断り方、いつもひどいもんね」

絶対零度【蘭side】 >> 197

「……見てんのかよ」
「嫌でも聞こえてくるよ、だって同じクラスだし？」
「……」

　告白なんか一度も受け入れたことがない。

　女の愛なんて、たかが知れている。

　身をもって体験したこの俺が言うんだから、まず間違いねぇよ。

　……母さん……いや、あの女だってそうだっただろ。

「俺は……女は嫌いだ」
「えっ、なに突然。あっ……俺のことは狙わないでね。たしかに蘭って顔はきれいだけど、俺は男には興味ないから」
「……バカかお前。俺も男に興味なんてねぇよ、ただ……女が嫌いなだけ」
「ふーん、モテるのにもったいない。まあでも遊びの関係ってのもいいんじゃない？」
「遊び？」
「お互い欲を満たすためだけの存在、みたいな？　もちろん女の子には本気にさせないように最初っから遊びだと断っておかないとね」

　欲……ねぇ……。

　たしかに欲を満たせるだけの存在なら欲しいかも。

　俺だって男だ。女は嫌いだけど、女の体は好きだ。

　なんか虚しいなー……と思える今の自分が健全なのかもしれねぇ。

　まだパンを食べている歩夢の隣で寝っ転がって、目をつ

むった。

　起きた時には、目の前に広がる空がオレンジ色に染まっていて……どうやら俺は、午後の授業を出ずに寝て過ごしてしまったらしい。

　薄情者の歩夢は隣にはいなかった。

　……たく、あいつ。

　どうせなら一声かけていなくなれよな。

　硬いコンクリートの上で寝ていたせいで、体のあっちこっちが痛え。

　俺は重い腰を擦りながら家に帰った。

「……」

　帰る場所があるだけマシだと思ったほうがいい。

　だけど、目の前に建っている、あの日から何も変わらない家の見た目が、正気を保とうと必死な俺の心を乱そうとしてくる。

「……ただいま……」

　外にいると、世界が広く見えて嫌になる。

　俺はドアを開けて、自分の世界に閉じこもるようドアを閉めた。

「……父さん……」

　いつもどおり真っ先にリビングに顔を出すと、父さんがスーツのままソファで寝ていた。

　ひどい顔だ。

　2年前までは、もっとキリッとしていてカッコよかった

のに、可哀想な父さん。

父さんは俺と一緒だ。俺と一緒に捨てられたんだ。

俺はもう、父さんのみっともない姿を見ても、なんとも思わなくなった。

思うどころか、同情しか生まれてこない。

「こんなところで寝てると風邪ひくぞ、父さん」

俺は父さんの部屋から持ってきた布団を、寝ている父さんにかぶせた。

すると……。

「んっ……」

肌に布団が触れた感触で目を覚ました父さんが、視界の中に飛び込んできた俺の顔を見て息をのむ。

そんな父さんが予告なしで。

──パンッ!!

俺の頬を叩いた。

「出ていけ！　なんでお前がここにいるんだ……っ！」

「父さん違う、俺はあの女じゃない」

「消えろ、消えろ、消えろ！　お前は俺の人生をめちゃくちゃにした！　消えろよ!!」

「……」

あの日から、父さんの心はすっかり壊れてしまった。

あの女に全然似ていないのに、俺の顔を見て、父さんは取り乱すことが多くなった。

全部……あの女のせいだ。

だから俺は何度殴られても、父さんを責めたりなんかし

ない。

　できるわけないだろ……そんなこと。

「……父さん……」

「……蘭、ごめっ。また父さん、お前を段って……」

　唐突に我に返る父さん。いつもこうだ。

　今さら驚いたりなんかしないさ。

「いいよ、別に。父さんの気持ちわからなくもないもん」

「……蘭……」

　アザが残るまで、父さんの拳は俺に振ってくる。

　——バキッ。

　——ドカッ。

　——グギッ。

　血を吐いて、骨が折れても病院には行かない。

　病院に行ったら……父さんが逮捕されてしまう。

　俺にはもう……父さんしかいないんだよ……。

　だから……。

「……父……さん……」

　途切れはじめる意識の中、囁いたその言葉は、忘れよう
と必死な愛を思い出させる。

　あの女の代わりに俺は段られているなら。

　父さんは、もしかしてまだあの女のこと……。

　いや、それはないか。

　だって父さん、今にも殺してしまいそうな目で俺を見て
いるんだもん。

　俺はフッと笑って……意識を手放した。

父さんからの暴力は、おさまるどころか日に日に悪化していく――。

その日の俺は、学校行事を手伝っていたせいで帰りが遅くなった。

「……ただい――!?」

季節は冬。

明かりのついていない暗い家の中に入ると、玄関先で父さんが仁王立ちで立っていた。

驚きすぎて声が一瞬詰まった。

「何してんだよ父さん……部屋の電気くらい……」

真っ暗で何も見えない場所に人が立っていたら、そりゃあ誰だって驚くだろ。

マフラーを取りながら家の中に足先を入れて、父さんの横を通った瞬間。

――グイッと、取ったはずのマフラーが元通りに巻かれて、俺の首をきつく絞めている。

「なっ……!?　がはっ……!」

「帰ってくるのが遅いぞ蘭。お前まさか俺を1人置いて、あの女のところに行くつもりだったんだろ」

「……はあ!?　なに言って……ぐっ!」

父さんが力を込めるたび、マフラーが俺の首をきつく絞めてくる。

喉仏が奥に食い込んでいく感覚。

息が……息ができない。

俺が父さんを１人にするわけ……ねぇだろ。

「父さ……ハァ……ハァ……！」

　やっとマフラーから手を離した父さん。

　マフラーと一緒に、俺は床に膝をついた。

「ゴホ……ッゴホッ！」

「蘭、なあ蘭」

「──ッ」

　父さんはズボンのポケットからタバコを出し、ライターで火をつけて、そしてそれを──俺の腕に押しつけた。

「──アッ……ッッッゥ!?」

「痛いか!?　痛いか蘭！」

「やめっ……父さん痛い熱い!!　……ッゥ……！」

「なあ蘭。頼むから俺を１人にしないでくれよ。……なあ蘭……頼むよ」

　痛い痛い痛い痛い痛い。

　あまりの痛さに、うめき声が唾液と一緒に口からこぼれ落ちる。

　なあ、父さん。

　俺はあと何回、この痛みを我慢すれば父さんに信じてもらえるんだ？

　わかる、俺にはわかるんだよ、父さんの気持ちが。

　たった１人の家族に、捨てられることが怖いんだろ？

　だけど、俺は父さんを見捨てたりなんかしない。

　しない、から。

　父さんに反抗したり抵抗なんかしないよ。

絶対零度【蘭side】 >> 203

　俺には父さん。父さんには俺。

　この世で２人ぼっちだね。

　同じ痛みを味わった者同士、２人寄りそって生きていこう……。なあ、そうだろ？　父さん。

「……っ……」

　塩っ辛い涙が、玄関先で倒れている俺の口の中に侵入してきた。

　やっと終わった父さんからの暴力。

　俺は今日も抵抗することなく、それを受け入れた。

　父は俺を殴った拳を冷やしに、洗面所に行っている。

　その間に少しでも体を休めないと、心まで死んでしまいそうだ。

　少しずつ迫ってくる限界。もう、体も心もボロボロだ。

　いい加減、普通の親子に戻りたいな。

　涙を流し終えて、やっと立つことができたフラフラのこの脚で、血を流そうと風呂場に向かおうとした時。

　──バンバンバン！

　玄関を叩く、乱暴な音が聞こえてきた。

「百目鬼さーん！？　悲鳴が聞こえたんですが、どうかしましたかー！？」

　なんだ隣人か……。

　無視してそのまま風呂場へ行こうとした俺の意思を、俺の脚が止めた。

　……なんだ、なんで体が動かないんだ？

　それになんだよこの違和感。

勝手に手が玄関のほうに伸びる。

　……もしかして俺、助けてほしいのか？

　何度引っ込めても、抗うように手が玄関のほうに伸びてしまう。

　そして、俺はいつの間にか玄関の前に立っていたんだ。

「百目鬼さーん！　聞こえるー!?　大丈夫ですかー!?」

「……っ」

　なあ、今叫んだら……あんた、助けてくれんのかよ？

　ボロボロな俺の姿を見てドン引きして、それでもそんな俺に同情してくれんのか？

　優しさに飢えていた。

　忘れていた、自分がまだ中学生だってことを。

　息苦しいだけのこの世界から脱出したい。

　そう思いながら俺は玄関の鍵を開けて、光のある場所に手を伸ばそうとした……が。

「蘭、ダメじゃないか」

「ぐっ……!?」

　いつの間にか背後にいた父さんが、俺の口を手で押さえて、玄関前に立っている隣人に聞こえないように、物音1つ立てずに一番奥の部屋へと俺を引きずっていく。

　俺は泣きながら手を伸ばした。

　だけど、視界から玄関が遠ざかっていく……。

　俺は無力だ。

　そして、俺の悲鳴を聞いて駆けつけた隣人も、親子ゲンカが収まったと思ったのか、ドアを叩くのをやめた。

絶対零度【蘭side】 ≫ 205

　望みが消えた瞬間だった。
「蘭！　俺から逃げようとするなんて、お前はいつからそんなに悪い子になったんだ!?」
「ごめっ……っ！」
「無駄だ、俺もお前も１人なんだ。お前を必要としてる人間なんかこの世にはいない。お前は一生１人……」
「……っ……」
「１人ぼっちなんだよ……蘭」
「──ッ」
　言いながら俺を段る父さんに、もはや躊躇なんてものはないんだろう。
　息を吸って吐く、けど、口の中に溜まった血を吐く、に変わっていく。
　俺の人生っていったいなんなんだろう……。
　幸せは、なぜ保証されない。
　生きていくって、そんなに大事なことか？
　人間ってなんなんだろう。
　なんでみんな感情を持つんだろう。
　世界なんか破滅して、みんな一斉に消えてなくなればいい。
　そして俺も……いなくなっちまえばいいんだ。
　人間というものはどこまでも儚い生き物だ。
　暴力でしか人の心を支配することができない人間は、きっといい死に方はしないだろう……。
　心の中で、少しだけ父さんを皮肉って俺は目をつむった。

そして、それから数ヶ月後。

　俺の言葉どおり、父さんはいい死に方はしなかった。

「……嘘、だろ？」

　学校から帰ってきた俺を待っていたのは、火に包まれている家だった。

「父さん……っ!?　父さんは!?」

「危ないので下がってください！」

「父さんは無事なのかよ……!?」

「……」

「おい！　なんとか言えよ！」

　火の海に飛び込もうとする俺を、必死に止める消防士のおじさん。

　あんなにひどい仕打ちを受けても、俺にはまだ父さんが必要だった。

　火に包まれている俺の家を興味津々に見つめて、スマホでその光景を撮っているバカな奴らと、可哀想な目で見つめるだけの野次馬。

　なあ……なんでこうなんだよ。

　俺、神様に恨まれるようなことでもしたのかよ。

　なんで……っなんで俺ばっかこんな……っ!!

「あっ……あっ、は……あはははは!!」

　狂ったように笑った。

　今までこんなに笑いが止まらなかった日があったか？

　燃えて崩れ落ちていく家。そして火の海に溺れてしまった父親。

火が消えたころには、もう何もかもなくなっていた。父の姿さえ……跡形もなく。

火事の原因は、タバコの不始末だったらしい。

タバコのすぐそばに置いてあった酒に火がついて、それから一気に火が燃え広がったと警察で簡単に説明された。

でもそんなことはどうでもいい。

呆気ない父親の死に、笑いしか出てこなかった。

ついに俺は……1人ぼっちになったんだ。

親を2人も失った俺は、それから親戚の家をたらい回しにされた。

成長するにつれきれいになっていく俺を、かわいがる親戚も少なくなかったが、そのかわいがり方がまた歪で、俺の体を求めてくる奴もいた。

すべてがどうでもよくなった俺は、金さえくれるなら、親戚構わず身を差し出した。

年齢を偽って仕事もした。

俺を買ってくれる女にしか、体は差し出さない。

もちろん愛なんかねぇよ。

愛なんてもんは、くだらねぇ人間が生み出したただの幻想なんだ。

ちゃんと見てみろ。人間なんてもんは、どれも汚ねぇ。

きれいな心を持った人間なんかこの世にいるわけがねぇ。

そんな俺と同じひねくれた考えを持った奴らが集まる、

紫蓮想という名の暴走族に出会ったのは、中学3年生の夏。

町でケンカばかりの生活を送っていた俺の噂を聞きつけて、紫蓮想の総長自らスカウトしてきた。

退屈な世界に怯えていた俺は、その時に隣にいた歩夢と紫蓮想に入った。

話が合う奴らばかりで刺激の多い紫蓮想は、いつの間にか心のよりどころになっていた。

ただバカみたいに、仲間と笑っていられる自分が好きだ。

だがやっぱり思い出す、父さんから受けた傷跡へのトラウマ。

まだ……消えねぇ。

何度引っかいても、何度洗っても、何度忘れようと悪いことに手を伸ばしても、父さんの呪縛からは逃れられない。

あんな父親でも、俺を最後まで捨てようとはしなかった。

あの時に隣人さえ来なければ、俺は助けを求めたりなんかしなかったのに。

少しでも父さんを裏切ってしまった自分が憎い。

なあ……父さん。

あんたはいつ、俺の心の中から消えてくれるんだ？

俺、毎日毎日あんたが夢に出てくるんだよ。

笑って俺の首を絞めるあんたが……。

繰り返す誤り

現実味のない、息苦しい過去だった。

　ポタリ、ポタリと、額から汗が流れ落ちていくのも気づかないまま、蘭くんが話している自身の過去に開いた口が塞がらない。

　悲惨すぎた。

　本当に、同じ世界を生きている人間が体験していた現実なのか。

　まるで夢を見ているみたいだ。

「悪い、彩羽。胸クソ悪い話しちまったな」

　涙を次から次へと溢れさせる私を見て、申し訳なさそうに蘭くんは指で拭う。

　簡単に人に言えるような過去の話じゃないと、もしかして彼は、私に過去を打ち明けたことを、すぐに後悔するかもしれない。

　少しでも蘭くんの気持ちを楽にしてあげたいのに、かけてあげる言葉が見つからない。

　いつもお喋りなこの口が、こんな時に限って役に立たないなんて。

「……いい、彩羽。無理に慰めようとすんな」

　口を開いてパクパクさせる私を見て、蘭くんはそれを同情だと捉えたのかな？

　でもそれは違うよ、蘭くん。

　私は蘭くんに、これからは愛だけを知ってもらって生きていってほしいんだ。

　だから、少しでも思いが、人の体温が温かいことが伝わ

るように、彼に抱きつく。

「彩羽……」

　だけどやっぱり、慰めの言葉の1つも出てこない。

　それでもそんな私の思いをしっかりと受け止めようと変わろうとしている蘭くんは、前みたいに反抗することなく、抱きしめ返してくれた。

　……それだけで、また1歩距離が縮まったような気がするんだ。

「えっ、彩羽ちゃん振られちゃったの!?」

　蘭くんに振られて、もう1週間がたつ。

　学校帰り、待ち伏せしていた歩夢さんに「お茶しない?」とナンパみたいな言い方で誘われ、今、駅までの道にあるモノクロで統一されたオシャレなカフェで、あの日の出来事を歩夢さんに話している。

「そりゃあ……蘭くんは私のこと好きじゃないんだから、振りますよ」

「いや。彩羽ちゃんなら、いけると思ったんだけどなー」

「歩夢さん、私に期待しすぎです。蘭くんは私のこと、ただの女友達としか思ってません」

「んー、でも、蘭が俺以外に過去話をするなんて、ありえないことだと思っていたし、もうこの先一生、過去については蘭自身が触れそうになかったから、まさか洗いざらい話すなんて……俺には彩羽ちゃんのこと好きだとしか思えないんだけど」

そんな夢みたいな話あるわけないのに。

　別に、振られたからといって蘭くんへの気持ちが冷める わけでもないんだし。

　そりゃあ、できることなら蘭くんと恋人同士になりたい。

　でも、あっちに気持ちがないんだもん。

　無理に付き合ってもらっても気持ちがなきゃ……全然う れしくない。

「でも、まだ好きなんでしょ？」

　真っ黒なコーヒーの中でゆっくり溶けていく氷を見つめ ながら言う歩夢さん。

　私は素直に頷いた。

「1週間ちょっとで忘れられるなら……その程度ですよ」

「はは、彩羽ちゃんしつこそうだもんね」

「もう！　歩夢さん！　振られた女子を茶化すなんて、性 格悪いですよ」

「いやいや、思ったより元気そうでよかったーって安心 してるんだよ」

　歩夢さんのそういう優しいところ、私は好きだ。

　なんていうか……お兄ちゃんがいたらこんな感じなんだ ろうなー。

　まあこの人、同い年なんだけどね。

　——と、その時、コンコンと窓ガラスを叩く音がすぐ近 くから聞こえてきた。

　その音に反射的に反応して、顔を横に向けると。

「ら……、蘭くん!?」

溢れる想い >> 213

　窓ガラス越しにお店の外にいる蘭くん。

　驚いて席を立つ私に歩夢さんがニヤッと笑って、「ここは俺が払っとくから、彩羽ちゃんは蘭と帰りなよ」なんて言ってくれた。

「歩夢さん、今日はありがとうございました！」

　私は歩夢さんにペコリと頭を下げると、急いでお店から出た。

「蘭くん、お待たせ～」

　蘭くんは別に私のことを待っていたわけじゃないけど、自然と緩む口がそう言ってしまった。

「……学校帰りか？」

「うん、なんで？」

「いや。歩夢と連絡取り合ってんのか？」

「あっうん、たまたま歩夢さんに会って、流れでカフェに」

「そうか」

　なぜか顔を歪めている蘭くんがフラリと歩き出したので、急いで私もついていく。

　なんでそんなこと聞くんだろう……？

「嫉妬かな？」

「……」

「なーんて……ね……」

　からかい半分で言ってみただけなのに、蘭くんの顔がみるみる赤くなる。

　その顔に、いつもの無愛想さはもう残ってない。

「えっ……？　ちょっ蘭くん！　なんでそんなに顔が赤い

の!?」

「違う……。ただ気になっただけだ」

　外は真っ暗なのに、街の明かりと賑わう人の声でまだお昼みたい。

　ピタリと蘭くんが急に足を止めて、外から見ても物で溢れ返っている雑貨屋さんの中を窓越しに見ていた。

「欲しいものでもあるの？」

「いや、別に」

　そう言って急に私の肩を抱き寄せてきた蘭くんは、まわりに人だっていっぱいいるのに、お構いなしに顔を近づけてきた。

　突然の至近距離に戸惑って、とっさに目を逸らすけど。

「やっぱり、お前の顔を見てると安心する」

「えっ？」

「いつもなかなか寝つけなくて睡眠不足だったけど、お前に全部打ち明けたあの日から、お前と顔を合わせるたび、安心して眠れる」

「なっ、何それ、変なの」

「ああ……でも、お前の隣は居心地がいい」

「……っ」

　何サラッとうれしいこと言ってくれちゃってんの。

　そんな優しい顔して見つめないで。

　振られたことも忘れて、また好きだって言ってしまいそうになる。

　急に何かを考えはじめた蘭くんが、私の手を引いて駅か

溢れる想い **》** 215

ら少し離れたほうへ歩き出す。

　数分たって、連れてこられた場所は子供のいない寂しい公園だった。

「なんで公園？」

「んっ」

　茶色のベンチに腰を下ろした蘭くんが、ポンポンと隣を叩く。

　頭にはてなマークを何個も浮かばせながら私も隣に座ると、突然、私の太ももに頭を乗せてくる蘭くん。

　こっ、これって、膝枕？

「蘭くん！　寝るなら家に帰って寝なよ」

「彩羽、お前いい匂いがする」

「人の話聞いてる!?」

「あー落ちつく落ちつく」

「——っ!?」

　こっちは蘭くんの髪の毛が太ももをくすぐって、恥ずかしいし今にも爆発してしまいそうなのに。

　この人……あの日からめちゃくちゃ甘えてくる。

　いや、私はうれしいよ？

　好きな人が甘えてくれて。

　でも……でもさ。じゃあ、なんであの時に振ったの？

　意味わかんないよ、蘭くん。振った女に甘えるなんて。

　……ううん、本当は知ってるんだ。

　蘭くん、今まで誰にも甘えたことがないから、誰かに甘えてみたかったんだよね？

トラウマは、そう簡単には消えてくれない。

　どう頑張ったって、私は蘭くんのお母さんにはなれない。

　でも、全部受け止める覚悟で彼の隣にいるから。

　女として意識してなんてワガママは……言わないよ。

　ゆっくりと目をつむる蘭くんは、数秒後に寝息を立てて深い眠りについた。

「こんなところで寝るなんて。蘭くんってば意外と無防備なんだから……」

　クスッと笑いながら、彼の頬を人差し指でつつく。

　こういう関係もありかもしれない。

　でもやっぱり……彼女になって、一番近くで支えたい。

　次の日の放課後。

　結局、昨日蘭くんが目を覚ましたのはとっぷり日が暮れてからだったから、足が若干痺れてしまった。

　今日は大人しく早く帰ろうと、光花と一緒に駅へ向かっていると。

「どうしたの光花……？」

「……っ、あ」

「光花？」

　角を曲がった途端、明らかに様子がおかしい光花の視線の先を、なぞるように見ると。

「……う、そ」

　赤い炎に包まれて容赦なく燃えている家に、住人たちの悲鳴。

溢れる想い >> 217

　風に踊らされてやってきた火の粉が私の頬をかすめる。

　初めて間近で見る火事に動揺を隠せない。

　私たち以外にも、流れる川のように人が横から集まってきて、スマホで写真を撮ったり、激しくなる炎を煽るように騒ぎはじめたりする人の群れ。

「……っ」

　なんでこんな大変な時に写真なんか撮ってるの……？

「消防車はまだみたいね」

　そう言いながら、熱気と緊張で額から溢れ出した汗を腕で拭う光花。

　私は黙って頷くことしかできない。

「私たちじゃどうすることもできないし、ここにいたって消防士の人たちが来た時の邪魔になるだけだから……行こ、彩羽」

「……うん」

　恐怖を紛らわすように、そっと私の手を握ってきた光花は微かに震えていた。

　そうだよね……。

　助ける勇気なんてないんだから、ずっとこの場で見ていてもしょうがない。

　可哀想なんて言葉、いくら頭に浮かべたって火が消えるわけじゃないんだ。

　崩れ落ちそうな家から目を背けるように足を前へ動かした時。

「きゃああああああ‼」

燃えている家から出てきた女の人が、急に大きな叫び声
を上げる。

　助かったはずなのに泣き崩れる女の人は、家の中に戻ろ
うとしてまわりの人に取り押さえられている。

「離してよ……っ！」

「何バカなこと言ってんだ！　せっかく出られたんだぞ！
戻ったりなんかしたら今度こそ焼け死ぬぞ！」

「でも……っ！　でもあの子がっ！　たった１人の大事な
息子なのよ!?　見殺しにしろって言うの!?」

「……っ！」

　……私には関係ないこと。

　なのになんで、幼い子が１人で火の中に閉じ込められて
いると思うと、こんなにも胸が苦しいんだろう。

　思い出していた。蘭くんの過去を。

　あの火事の日、父を助けられなかった蘭くんの心情が、
取りつくように私の心を支配した。

　無力。

　ああ……蘭くんはまだ幼いながらに、こんなにも辛い絶
望を感じていたんだ。

「……っ!?　彩羽!!」

　握り返していた光花の手を離して、とっさにスカートの
ポケットからハンカチを取り出すと、それを口に当て、私
は火の海に飛び込んだ。

　後ろから聞こえてくる光花の叫び声。

　若者がスマホで写真を連写する音。

溢れる想い **》** 219

　絶望を、ただ叫ぶことでしか表現できない無力な母親。

　すべての雑音を無視した。

　私はただ、終わらせたかっただけなの。

　あの日、蘭くんが後悔したことを私がやれば蘭くんだって救われるかもしれないって。

　偽善なんかじゃない。

　これは、蘭くんを助けたい私のワガママなんだ。

　激しさを増す炎のせいで、視界はすべてが赤でできていて、これが本当に家なのかさえ信じ難いくらい、私を惑わすように炎は遠慮なしに近づいてくる。

「ねぇ！　いるなら返事してよ！」

　そう叫んでも、聞こえてくるのは激しさを増す火の音だけで、さっそく外の空気が吸いたくなる。

　でも、こんなところで溺れてしまったらもう蘭くんに会えない。

　そんなの……絶対やだよ……っ。

　泣いている暇なんかないと何回も何回も瞬きをして、まだ火に侵略されていない場所をひたすら探すと、小さな影のような黒い物体が、震えながらしゃがみ込んでいた。

「君、大丈夫？」

　すぐに駆け寄って、その肩に触れる。

　振り向いた男の子が、泣きながら私に抱きついてきた。

「う……っ、ぐぅ……」

「もう……大丈夫だから」

　声にならない声で泣く男の子は、涙と一緒に鼻水で私の

肩を濡らす。

　恐怖で震えが止まらない男の子を少しでも安心させよう
と、背中をさすって抱き上げた。

　けれど、次の瞬間。

　──バンッ!!　という、ものすごい爆発音とともに吹っ
飛ばされて、熱風が私と男の子を引き離した。

「ぐっ……!」

「お姉ちゃん……っ!」

　手を伸ばせば届く距離にいる私たち。

　でも、やっと助けることができたのに、なんでこんな時
に足が動かないの……。

　絶望に浸りに来たわけじゃないのに。

　倒れている私の太ももに乗る崩れ落ちてきた板が重すぎ
て、身動きが取れない。

　吹っ飛ばされた勢いで、出口のすぐ近くにまで来ている
みたい。

　外からやってきたほんの少しの冷たい風のおかげで、そ
れがわかった。

「行って……っ」

「でもお姉ちゃんがっ」

「私はいいから!　それとも焼け死にたいの!?」

「……っ」

「早く!」

　これ以上、炎も待ってはくれない。

　突き放すような言い方で、男の子に逃げるよう叫んだ。

溢れる想い **>>** 221

「……っ……」

　くるりと私に背中を向けた男の子は、今にも喉から溢れ出してしまいそうな泣き声を堪えながら走っていった。

　ねぇ……本当はこんなところで1人ぽっちは嫌だよ。

　熱い。痛い。苦しい。

　何をやっているんだろう、私。このまま死んじゃうのかな……？

　こんなことになるなら、蘭くんにもっと、うざいくらいつきまとっておけばよかった。

　最後の最後に好きだよって言えないなんて……。

　視界がボヤーッとしてきた。

　なのに私は、こんな時でも蘭くんのことを思い浮かべていた。

「へへっ……最後まで好きな人は、やっぱり蘭くんだけだったね」

　彼を最後に思って死ねるなら本望かも。

　視界から光が消えて、意識が遠のいていく。

「──ッ！　……っ！」

　光と闇の狭間から聞こえてくる声。

　その声は誰の声なの？

　私のもの？

　幻聴？

　それとも……。

　結局その声の正体がわからないまま暗い世界に誘われ、私は意識を手放した。

――開いた目から見えてくる真っ白な天井。

　あれ……私、もしかして生きてる？

　突然、私の視界に飛び込んできたのは歩夢さんだった。

　なんで歩夢さんがここに……。

「彩羽ちゃん……っ！　よかった……目覚めてくれて」

「……あゆ……む、さん？　あれ……ここどこ？」

「ここは病院だよ。彩羽ちゃん、燃えてる建物に飛び込んで、
男の子助けたんでしょ？」

「……そんな、たいしたことは」

「すごい勇気だね。昨日のこと、彩羽ちゃんの友達から聞
いた時はびっくりしちゃったよ。火災現場に居合わせた
ヒーローだね」

「あの……なんで私、助かったんですか？」

　生きていることがまだ不思議でしょうがないから、歩夢
さんに確かめるように聞いてみた。

「……ん？　駆けつけた救助隊の１人が君を助けたんだ
よ。って言っても、あと１分でも遅れたら家の中には入れ
なかったほど、火が大きくなっていたらしい」

「そっかあ……」

　意識を失う前に聞こえてきた声って……救助隊の人の声
だったのか。

「あの……歩夢さん。私の友達、見ませんでしたか？」

「ああ、あの子なら10分くらい前までここにいたんだけど、
またあとで来ますって言ってたよ。」

「そっか、光花は無事なんだ」

溢れる想い ≫ 223

「あの子、相当彩羽ちゃんのこと心配してたよ」

「……光花」

　歩夢さんから詳しく話を聞くと、光花が私のスマホの直近の着信履歴を見て、お母さんや歩夢さんに知らせてくれたらしい。

　歩夢さんが蘭くんにも伝えてくれたらしく、今病院に向かっているとのこと。

　心配で駆けつけてくれたお母さんは、仕事を休んでまで私に付き添っていてくれて、今は病院の先生の説明を聞いているところ。

「……っと。ケガ人相手に話が長すぎたね。俺、先生を呼んでくるから、彩羽ちゃんは横になってて」

「あっ、はい。お願いします」

　歩夢さんが病室から出ていくのを確認したらなんだがグダッと全身の力が押し寄せてきて、やっと生きていることへの実感が湧いてくる。

　——ガラッと病室のドアが開いて、歩夢さんが先生を呼んできたのかと思いながら目を向けると、そこには、お母さんと光花がいた。

「彩羽、起きてて大丈夫なの!?」

　私の手を握りしめる母の温かさを久しぶりに感じたせいか、ちょっとだけ泣きそうになった。

「お母さん、私元気だよ」

「バカ言ってんじゃないわよ。あんたが病院に運ばれたって光花ちゃんに聞かされた時、お母さんどんだけ心配した

と思ってるの」

　そう言いながら、お母さんの私の手を握りしめる力が強くなる。

　夜勤でなかなか構ってもらえない分、お母さんと言葉を交わすだけで、それだけで心が満たされるから不思議だ。

「さっき病院の先生に病状を聞きに行ったら、足のケガは軽症だから、数日で退院できるって」

　お母さんの背中に隠れていた光花が、ひょっこり顔を出しながら言う。

　今日退院できることにホッとしていると、お母さんは手続きをしに病室から出ていき、光花もそれに付き添った。

　その少しあとに、先生と歩夢さんが病室に入ってくる。

「あっ、先生」

「ん？」

「あの子……、あの男の子は無事なんですか？」

　わたしは、目が覚めた時から気になって仕方がなかったことを聞く。

　私が助けに来る前まで、炎の中に長いこといたんだ。

　もしかして大変なことになっていたりして……。

「ああ、あの子なら大丈夫だよ」

「えっ、本当ですか!?」

「うん、君のおかげでね……。あと数分遅れてたら大変なことになってたけど……。本当に運がいい」

　あんなに苦しい思いをしたって、助けられなかったら結局意味がない。

溢れる想い >> 225

　本当によかった。
　それだけが気がかりだったから、本当の意味でやっと火
事から解放されたような気がした。
「あの子生きてたんだ……よかった」
　ホッと胸を撫で下ろした数秒後。
「よくねぇよ」
「——ッ！」
　——バンッと乱暴に開かれたドアの音と同時に聞こえて
きた言葉は異様に冷たく、ホッとした私の体をすぐに強張
らせた。
「蘭……」
　名前を呼ぶ歩夢さんを無視して、蘭くんが私の前に立つ。
　蘭くん、来てくれたんだ。
　でも、見るからにいつもの強気な蘭くんのオーラはどこ
にもいなく、何かを察した歩夢さんが、先生と一緒に席を
外してくれた。
　なんで蘭くんは、そんな泣きそう顔をしているの？
「……お前が……」
「……」
「お前が……火事に巻き込まれたって聞いた時、俺がどん
な気持ちだったか……わかってねぇだろ？」
「……っ！」
「お前が親父の時みたいに火に溺れて、もう戻ってこなかっ
たらって考えただけでもゾッとするのに」
　蘭くんの体が、小刻みに震えている。

「少しの間、目を離しただけで、なんでお前は……俺のトラウマの奥まで入ってこようとするんだ。振った俺への当てつけか？」

「ちがっ！」

　否定しようとした私の口を閉ざすように、そっと蘭くんの人差し指が触れる。

　何を考えているのかわからない彼の魅力にとらわれ、惑わされる。

　ねぇ、本当は私のこと——。

「俺は普通じゃないんだよ彩羽。ずっと過去にとらわれたままなんだ。そんな俺がお前を幸せにできるわけないってわかってるから、もう俺のことなんか忘れてしまえばいいって……そう思ってるはずなのに」

「蘭く……」

「でも俺はお前のことを何度も傷つけても、お前から離れられねぇみたいだ。実際、今も触れたくてしょうがねぇ」

「……っ」

「抱きしめたくなるこの衝動は愛なのか？　お前に嫌いって言われて、今の今まで傷ついてるこの気持ちは恋なのか？」

「……」

「なあ彩羽……俺、自分が思ってる以上にお前に依存してるみたいだ」

「……蘭くん……」

「責任取れよ。心臓が痛くてしょうがねぇんだよ。お前を

溢れる想い **>>** 227

追い詰めてることはわかってる……けど。お前が隣にいて
くれないと俺、嫌なんだよ」
　出会ったころは強く見えた彼は、知っていくうちに弱く
見えて。
　でもそれって、私に心を許してくれている証拠なんだと、
心の底から愛しさが込み上げてくる。
「私は何があっても、蘭くんから離れたり……しないよ」
「……」
「離れたいと思っても、離れられなかったんだもん。死を
覚悟した時だって……最後までずっと蘭くんのことばかり
で……っ、それで……っ」
　一心同体になれたらいいのにね。
　もう一生、死んだって離れられなくなるような、それは
恋とは違って、苦すぎて甘すぎず、縛り縛られ、永遠に解
けない呪いのような、誰にも理解されない蜜の味を、味わっ
ていたいの。
「彩羽」
　凛とした声で私の名を呼ぶ蘭くんは……覚悟ができたみ
たい。
　今までに見たことがない澄んだ瞳をしていた。
　ああ……私、この顔が見たかったんだ。
「俺はお前を受け入れる。だからお前も俺を受け入れろ」
「……」
「死んでも俺から離れないで、一生俺だけを見つめてろ。
その瞳も心も、全部俺にくれ」

「……っ、ずっと前から蘭くんのものなのに。突き放していたのは蘭くん自身じゃん……っ」

「うるせえ。人を信じるのは怖いんだよ……。簡単に受け入れられるなら、そもそもこんな複雑な状況にはなってねーだろ？」

「……ごもっともです」

　窓からの風が、フワリと私たち2人の頬を撫でる。

　それは春に咲く桜のように儚く、でも、どこか健気で優しくて、まるで過去にとらわれた蘭くんの心を癒してくれているみたいだった。

遠くはでます。

「ぷはぁー！　外の空気サイコー！」

　今日私は退院し、自由の身となった。

　病院を出て、敷地内に設置されている自動販売機で、ペットボトルのお茶を買って飲んでいると。

「あっ」

　肩と耳の間から伸びてきた手が、私からお茶を奪う。

「ゴクッ。あんまうまくねーなこれ」

　そう言って、一口でペットボトルを返す蘭くん。

　この数日、いろんなことが起きた。

　泣きながら私に抱きつく光花に、溜まりに溜まった学校のプリントを渡されたこと。

　助けた男の子と母親がお見舞いに来て、何度も頭を下げられたこと。

　それと、病院のベッドに縛られる生活を送っていたせいで実感が湧かなかったけど……。

　今、隣には私の荷物を持って歩く蘭くんがいる。

　ありえない。

　本当に私、この人と付き合っているのかな……？

「おい、彩羽。どうかしたか？」

　急に足を止める私の顔を覗いてくる蘭くん。

　そういえば……蘭くんから“付き合おう”なんて、一言も言われてない。

　それってつまり……まだ友達のままなの？

「蘭くん……あの」

「あ？」

愛がはじまる。 ≫ 231

「あの、その」

　どう伝えていいのかわからない。そんなしどろもどろな私を見て、蘭くんは笑う。

「付き合おう、彩羽」

「えっ!?」

「……お前となら、本当の愛ってやつが見つけられそうだからな」

　信じられないと、つい最近まで嘆いていた愛の存在を、今は信じて疑わないと、蘭くんが柔らかくなった顔つきで教えてくれるなんて……、どう頑張ったって、彼には敵わないと思った。

「私ばっか蘭くんのことが好きみたいでズルイ」

「あのな……」

　弱った、と顔を真っ赤に染める蘭くんは、太陽がよく似合っていた。

　歩きながら蘭くんのシャツの後ろを引っ張ると。

　——ギュッて。

　シャツを掴んでいた手が、いつの間にか蘭くんの手に移動していた。

　先に手を握ったのは、もちろん蘭くんから。

　うれしすぎて死ぬかと思った。

「お前のほうが好きとか……勝手に決めつけてんじゃねーよ……」

「……っ」

「こんな純粋な気持ちで、女に抱いたことねーんだよ。照

れてんだ、察しろ」

　察してほしいのは、こっちのほうだよ。

　いつもそうやって簡単に私を夢中にさせるんだ。

　それにしても、蘭くんからそんな甘い言葉が出てくるなんて。

　もうすぐ私の住むアパートにつきそうなのに……離れたくない。

　だから。

「もうちょっと一緒にいたい」

「お前のアパート、すぐそこだぜ？」

「荷物置いて、蘭くんのマンション行きたい」

「……」

「……ダメ？」

「……別に、いい……が」

「……！」

「お前、俺の女になったんだぞ？　前とは関係も雰囲気も何もかも変わってんだ。手出すかもしれねーのに、簡単にマンションに行きたいとか言うな」

「私とじゃ……やだ？」

「……あ？」

「いっぱい、いろんな女の人抱いてきたから私みたいな子供っぽい女じゃ……蘭くん、満足できないんだ」

「お前、なに言ってんだよくだらねぇ」

　だって不安なんだもん。

　蘭くんみたいなきれいな人には、嫌でも女の人が寄って

くる。

　私もその1人なんだけど……。

　でも彼女になったんだから、他の人より全部知っておきたいんだもん、蘭くんのこと。

「別に体だけじゃねーだろ、俺らの関係は」

　うつむく私の顔を覗いてくる蘭くんの顔に、不覚にもドキッとする。

「なに焦ってんだ彩羽。別に俺は、お前の心の準備ができるまで待つつもりだし」

　言いながら、私の頭を撫でる蘭くん。

　前とは関係も雰囲気も変わっているって、そういうことなんだ。

　心でつないでおきたいって思ってくれているんだね、私のこと。

「他の人抱いたりしない？」

「しねぇよ、お前がいるのに」

「私のこと好き？」

「ああ」

「どのくらい？」

「……知らねぇよ、んなこと」

「あっ！　今〝何この女うぜえ〟って思ったでしょ！」

「わかってんじゃねーか」

「だって、なんでも聞いてくる女、好きそうじゃないもん、蘭くん」

「……まあ、お前ならいい」

「えっ」

「不安になったら何度でも聞け。そしたら何回でも答えて
やるよ」

「……っ」

　大変だ。

　心が撃ち抜かれすぎて、ライフポイントがもう残ってい
ない……っ！

　蘭くんの甘さに耐えきれなくなって、私は思わずアパー
トまで早歩き。

　蘭くんより先にアパートについて２階の我が家のドアを
開けると、満面の笑みでお母さんに抱きしめられた。

　ちょうど仕事に行こうとしていたところに、私が帰って
きたみたいだ。

「ちょっ、お母さん……っ」

「おかえりー！　彩羽！」

「仕事なんでしょ？　早く行かないとっ」

　いつも仕事は夕方からだけど、今日は時間をずらしても
らって、お昼からって言っていたから油断していた。

　まさかまだ、お母さんが仕事に行ってないなんて。

　どうしよう。

　蘭くんが部屋に来る前に、お母さんに仕事へ行ってもら
わなきゃ。

「ごめんね彩羽。せっかくあんたが退院した日なのに家に
いられなくて……」

「大丈夫だよ！　私もう子供じゃないんだし。それにただ

でさえ貧乏なのに入院費とかいろいろ、ごめんね？」

「そこは気にしないでよ～！　あんたのために使うお金なら、なんとも思わないから！　じゃあ、今日も元気にお仕事へ行ってまいります！」

「うん」

「あっ、今日は早く帰ってくるから！　退院祝いにいっぱいおいしいもの作るね！」

「別にいいのに」

「子供が遠慮しないの！　じゃあね！」

　玄関のドアを開けっ放しのまま、ポニーテールを揺らしながらバタバタと走って錆びた階段を下りていくお母さんの足音が響く。

　階段の下を見下ろすと、ちょうど蘭くんがアパートの前についたところだった。

「……今の、お前の母親か？」

　階段を上ってきた蘭くんが、玄関前に立って言う。

「うん。あっ、上がって上がって！　なんにもないところだけど」

「お邪魔します」

「私の住んでるアパートに蘭くんがいるなんて、なんか変な感じするな～」

「まあな」

　狭いリビングにさっそく案内して、冷えたお茶を渡した。

　持っていた私の荷物をその辺に置いてイスに腰を下ろす蘭くんは、珍しく緊張していて一気にお茶を飲み干した。

「蘭くんでも緊張するんだね」

「当たり前だ、この状況で緊張しないほうがおかしいだろ」

「……女の部屋なんか行き慣れてるくせに」

「過去のこと出されてもどうしようもねぇな。お前、まさか嫉妬してんのか？」

「……」

「だから、俺にはもうお前がいるから他の女なんか必要ねぇって。それに前にも言ったけど、恋人まで関係を持っていった女なんかいねぇよ」

「……ほんと？」

「ああ。お前が初めてだよ彩羽」

「……っ」

　ときめきと恥ずかしさが重なったキュンという音が、胸の奥の奥から全身に響いて。

　ズルい……でも。たぶん、もう抜け出せない。

　依存どころじゃすまされない。この甘さをずっと求めていたから。

「彩羽、来い」

「──っ、あっ」

　突然、蘭くんが私の腕を勢いよく引っ張ったせいで、飲もうとしていたお茶が入っているコップを、床に落としてしまった。

　ジワリジワリと、床がお茶で染まっていく。

　蘭くんはそれを一瞬だけ見て、すぐに私のほうに黒目を戻した。

愛がはじまる。　>> 237

「……っ、拭かなきゃだから離して」
「あとででいいだろ」
「ダメだよシミになっちゃ……うわっ！」
　ギリギリまでスカートを捲って、ツゥー……と私の太も
もを人差し指でなぞる蘭くん。
「色気のねぇ声、出してんじゃねぇよ」
「ちょっ！　やめてよ！　やだよ私、こんなところで！」
　いつお母さんが帰ってくるかわからないのに……。
　絶対にやだー！と、ジタバタ暴れる私を押さえつける蘭
くん。
　緊張で心臓がバクバクと、いつもよりうるさいし鼓動が
速い。
　でも、そんなの構いやしないと蘭くんは私の太ももに手
を滑らせて──。
「やっぱり、残ってるな」
「えっ？」
「傷跡」
　真剣にそう呟かれて、拍子抜けした。
　まったくイヤらしいことを考えてない蘭くんに、何かさ
れると思って変に緊張していたんだ。
　アホだ、アホすぎる。
「蘭くんごめん」
「あー……？　ああ、自分の体は大切にしろよ」
　そういう意味で謝ったんじゃないんだけど。
　でも、心配されてうれしい。

「っと、もうこんな時間か」

　つけていたテレビ画面に表示されている時間を見て、蘭くんが立ち上がる。

　蘭くんと2人でいるってだけで、時間はあっという間に過ぎていく。

「結局蘭くんのマンション行けなかったー！」

「次があるだろ」

「……うん」

「落ち込むなよ、めんどくせえ」

「だって蘭くん。もう帰っちゃうんでしょ？　本当は……」

　まだ一緒にいたいよ。

　ワガママだってわかっているけど、片時も離れたくない。

「今日は、母親と過ごすんだろ？」

「……うん」

「あんまり構ってもらえねぇなら、こういう貴重な時間を大事にしろ。俺ならいつでも会えるだろ？」

「……蘭くんがバイトの日は会えないもん。それに学校だって違うし」

「これからは、お前に会える時間も、もっとちゃんと作るから」

「……」

「恋人なんだろ？　俺たち」

「……っ、うん」

「じゃあ信じろ、大丈夫だ」

　やっぱり……蘭くんのいつもはそっけないのに、こう

やって時々とびきり甘い言葉で安心させてくれるところには敵わないね。

そういうところが……好き。

晴れて蘭くんと付き合うことになり、休み明けの学校。

放課後、人のまばらな教室で帰りの準備をしていると。

「すみません……あの」と、背後から誰かに話しかけられて、振り返った。

視界に入るかわいい顔をした女の子……いや、男の子。

高校生の男子にしては背が小さいほうだ。

1年生かな？　すっごくかわいい。

「えっと、どうしたの？」

「いえ、あの。さっき、廊下でハンカチ落としましたよね!?」

緊張しているのか、声を震わせながら黄色いハンカチを差し出してきた男子生徒。

「あっ！」

スカートのポケットをまさぐっても、たしかに朝に入れたはずの黄色いハンカチがない。

「あっ……ありがとう！　わざわざ届けてくれて」

「いえ、移動教室だったんで、拾った時にすぐ渡せなかったんですが、無事に返せてよかったです」

ニコニコ笑う男子生徒に、思わず胸がキュンと鳴る。

この子、女の子よりかわいい。

目も大きいし、雰囲気もふわふわしているし。

「えっと……先輩は、3年生ですよね？　僕、千種鈴って

言います。よければ僕と友達になってくれませんか？」

　なんで私なんかと友達になりたいのか、不思議でしょうがないけど、こんなかわいい子と友達になれるなら、と勢いよく頷いてしまった。

「私は木実彩羽。千種くんは１年生だよね？　ネクタイの色、茶色だし」

「はい！　１年生です。あっ、鈴でいいですよ」

「えっと、じゃあ鈴くん！」

「へへっ、まさかこんなにかわいい先輩と友達になれるなんて。僕、うれしいな〜」

　それはこっちのセリフだよ！　鈴くん。

「……っと、そろそろ帰らなきゃ授業がはじまるね。学校で見かけたら気軽に声かけてね」

　私がそう言うと、「はい！」と元気よく返事をして廊下へ走っていく鈴くんは本物の天使だった。

　できるだけ一緒にいたいと言った私のワガママに応えてくれた蘭くんと、お互い時間が合う時は一緒に帰れることになった。

「今さっきね、１年生の男子生徒と友達になったの。その子がすごくいい子でね……」

「本当に友達になったのか？　お前の妄想じゃなくて？」

「ほ、本当だよ！」

「俺がいるのに、なに他の男に尻尾振ってんだ」

「だ……っ、だってかわいかったんだもん」

そう素直に言うと、明らかに不機嫌になる蘭くん。
「男友達ができたっていうよりは、女友達ができた！みたいな？」
「……じゃあ、そいつの名前教えろ。純粋に友達として付き合う気なら、名前ぐらい教えられるだろ？」
「千種くん」
「下の名前は？」
「……鈴」
「……すず？」
「……うん」
　本当は、蘭くんに教えたくなかった。
　だって。
「すず……か」
　弱々しく名前を呟いて黙り込む蘭くんは、うつむきながらユラリと歩き出す。
　突然元気がなくなる蘭くん。
　その気持ちを察して、私も黙りながら彼の隣を歩いた。
「……蘭くん」
「わかってる」
　そう、強く言う蘭くん。
「その"鈴"じゃないことくらい、わかってる。だからあんまり気にすんな。無理やり言わせたのは俺だろ？」
「……うん」
　鈴くんの名前が、蘭くんの大っ嫌いな弟とかぶっていることなんか、蘭くんにも鈴くんにも関係ない話だ。

だけど……。

彼のトラウマを刺激してしまったことに、深く後悔。

やっぱり意地でも言わなければよかったのかな？

でもそれはそれで蘭くんが怒りそうだから、仕方がなかったのかも。

つい頭の中で言い訳してしまう私を許してほしい。

ほんのちょっとだけ……鈴くんと関わるのが怖くなった帰り道。

なんとなく、家につくまで蘭くんの顔を見ることができなかった。

光花と屋上でお弁当を食べていた時のこと。

——ダンダン！

階段を上る音がすぐそこから聞こえてきて、反射的にドアのほうに目を向けると、開けっ放しのドアから現れた汗だくの鈴くんが一度立ち止まって、私の目の前に立つ。

「ねぇ、彩羽先輩！　今日の放課後一緒に帰りませんか!?」

「ごめんね……今日も無理なんだ」

「えーっ!?」

友達になった次の日から、私の思いとは裏腹に、めちゃくちゃ話しかけてくる鈴くん。

何度誘われても断って……というのを、1週間も繰り返していた。

「ちょっと！　あんたなんなの!?　彩羽はあんたのことなんか興味ないの！　何回も断ってんだから、そろそろ諦めなさいよ」

毎日毎日お弁当の時間を邪魔されて堪忍袋の緒が切れたのか、光花がプチトマトに箸をぶっ刺しながら言う。

「彩羽先輩の友達には関係ないじゃないですか〜」

「だからって、毎回お弁当の時間に現れなくてもよくない!?　うるさいのよあんた！」

「先輩美人なのに怖いっすね。絶対モテないでしょ？」

「モテるっつーの!!」

見るからに相性の悪い2人の言い合いを、苦笑いで見ていた。

蘭くんのこともあるし、正直鈴くんとは関わりたくない

んだよね……。

「鈴くん。私、彼氏いるから、その……誘われても困るっていうか……」

「えっ!? 彩羽先輩、彼氏いるんですか!? ちょっとショックだなあ」

「あはは、ごめんね」

　素直な鈴くんを嫌いにはなれない。

　そもそも、蘭くんの弟と一緒の名前だから嫌うっていうのは、ちょっと違う気がする。

「ほら、振られたお祝いに卵焼きやるから、さっさと消えな」

「先輩、ほんと美人なのに口悪いですね……。でも卵焼きはもらいます、大好きです」

「ちゃっかりしてんのね……あんた」

　なんだかんだ言いながら、私より光花のほうが鈴くんをかわいがっていた。

　このまま鈴くんの興味も光花に向けばいいのに、と、胸の奥の違和感を必死に忘れようとして迎えた、ある日の土曜日。

　楽しみにしていた蘭くんとの初デートで浮かれていた気持ちも折れるくらい、ファーストフード店は人が多くて、ちょっとだけ嫌気がさす。

「あれ、彩羽先輩！ 彩羽先輩だっ！」

　蘭くんがお手洗いで席を外していない時に、ワンコみたいに見えない尻尾を振りながら私に近づいてきた鈴くん。

なんでこんなにタイミングよく現れるのか……。

思わず、ものすごーく嫌な顔で彼を見てしまった。

「先輩、もしかして僕に会うの嫌でした？　休みの日にまで話しかけてすみません」

「あっ、いや！　そういうわけじゃないの、ごめんね」

ここまでくると、さすがに心が痛む。

だから、自分に言い聞かせる。蘭くんの弟と鈴くんはまったく関係ないんだから、もう、蘭くんの弟のことは忘れよう。うん、そうしよう。

「ねぇ、誰と来てるの？　1人ってわけじゃ……」

ちらりとテーブルに視線を移した鈴くんは、向かい側に置かれている食べかけのポテトを見て、いろいろと察したようだ。

「ああ。もしかして彼氏さんと来てるの？」

「うん」

「じゃあ僕と彩羽先輩が仲よく喋ってるの見られたら、怒られちゃうね」

悪気はないのか、なんなのか、"仲よく"を強調する鈴くん。

──と、その時。

「おい、彩羽。誰だそいつは」

お手洗いから戻ってきた蘭くんが、かばうように私と鈴くんの間に割って入ってきた。

「あっ、蘭くんおかえり」

「俺がいない間に、なに一丁前にナンパされてんだ」

スズラン ≫ 247

「ナンパじゃないよ……えっと、この人は」

　鈴くんに視線を戻して紹介しようとしたら、鈴くんのほうから先に口を開いた。

「こんにちは！　彩羽先輩の彼氏さんですか？　僕、千種鈴って言います」

　ニッコリと笑って、手を差し出す鈴くん。

　そんな鈴くんを無視して、蘭くんは私の腕を引っ張った。

「帰るぞ、彩羽」

「ちょ……っ！　待ってよ蘭くん！　カバン！」

　イスに置いてあるカバンを取って、今すぐこの場から離れたそうな蘭くんの背中に近寄ると。

「なに焦ってるんですか、百目鬼蘭 "さん"」

　名前も、顔も、何１つ蘭くんの情報を鈴くんに教えてないのに、すぐ後ろで妖しく笑う鈴くんは、絶対に何かを知っているふうに見えた。

　その答えを知りたくない。聞きたくもないのに、挑発するかのように、私と蘭くんの前に立つ鈴くん。

　その目は、もう逃がさないと訴えかけていた。

「ねぇ、何をそんなに怖がってるの？　久しぶりの再会に驚いてる？　僕から逃げるってことは、僕のこと知ってるんだよね？」

「……なんの話だ。邪魔だ、どけ」

　──グッと鈴くんの肩を押して、知らない振りを突き通す蘭くんがファーストフード店から出ようとすると。

「僕は知ってるよ。百目鬼さんのこと、昔からずーっとね」

彼の意味深な発言に惑わされて、蘭くんがピタリと足を止める。

　ダメだよ蘭くん。早く逃げなきゃ。

　だって……もう本当は。

「いきなり俺の前に現れて……何が目的だ？」

　やっと口を開いた蘭くんは、空いている席にドカッと座って鈴くんを睨んだ。

「現れたのは兄さんのほうでしょ？　ほんとビックリしたよ。まさか生き別れの兄と再会するなんてね」

「俺はお前のことなんか……」

「嘘はよくないよ、兄さん。だって兄さん、僕を見て逃げようとしたじゃん。僕の顔、全然変わってないから覚えてるでしょ？」

「……テメェ……俺に近づくために、彩羽に近づいたのか？」

「当たり、さすが兄さんだ」

　そう言った鈴くんは、他のお客さんの視線なんか気にせず、パチパチとバカにしたように拍手をする。

　その手がピタリと止まった時。

「聞いたよ、父さん死んだんだってね」

「……お前が気安く父さんの話をするな」

「父さんは僕の父さんでもあるんだよ？　僕が父さんのことを父さんって呼んで何が悪いの？」

「黙れ」

「あの時の僕が兄さんだったら、兄さんだって父さんを捨

てて母さんについていったんでしょ……？」

「黙れっつってんだろ！」

　人前で蘭くんがこんなにも熱くなるなんて、らしくない。

　グッと鈴くんの胸ぐらを掴んだ蘭くんは、今にも殴りかかりそうな体勢に入る。

　そんな蘭くんを見てもまったく動じない鈴くんは、口を開き続けた。

「そうやってすぐ僕を殴ろうとする。兄さんはやっぱり昔のままだね。なんも変わらない」

「俺に昔の話をするな。お前なんか弟でもなんでもない」

「……違う」

「……？」

「僕と兄さんは、ちゃんとした兄弟だよ。だからこうやって迎えに来たんじゃないか」

「……」

「なあ兄さん、今1人ぼっちなんでしょ？　母さんにそれを話したら、母さん。兄さんに戻ってきてほしいって」

「……はあ？」

「元に戻ろうよ、僕たち家族。また一緒に暮らそう。ね？」

　正気とは思えない言葉の数々に、蘭くんは呆れてものも言えないみたいだ。

　それは蘭くんの過去を知っている私も同じで、開いた口が塞がらない。

　戻ってきてほしい？

　蘭くんの前からいなくなったのは、そっちのほうじゃん。

また一緒に暮らそう？

蘭くんのお父さんが亡くなって、葬式にも蘭くんを迎えにも来なかったくせに、今さらすぎるよ……。

「鈴くんは勝手すぎるよ。蘭くんが今までどれだけ辛い思いをしてきたか、わかってて言ってるの？」

我慢できずに、2人の会話に割って入る。

「彩羽先輩には関係ないでしょ？　彼女だからって口出さないでよ」

「……っ」

「それに、大好きだった母さんに裏切られた兄さんが、人を愛せるわけがない。彩羽さん、本当は遊ばれてるんじゃないの？」

フッと見下したように鼻で笑う鈴くんの言っていることは、蘭くんの過去を考えると、あながち間違ってない。

それでも……蘭くんは、ちゃんと私のことを好きになってくれたもん。

鈴くんに何がわかるの？

グッと怒りを堪えていたせいで、無意識に噛んでいた唇に血がにじむ。

もう我慢の限界だ。

拳をグッと握って、鈴くんを殴ろうとした時。

——バキッ！と。

店内のBGMと重なる鈍い音が、耳の奥で響いた。

鈴くんが、その場に勢いよく尻もちをつく。

悲鳴を上げるお客さんの目の前で、蘭くんはしゃがみ込

んで怒り任せに鈴くんの胸ぐらを掴んだ。
「昔のことを掘り返すのはまだいい、俺が無視すれば終わる話だからな」
「……」
「だがな、ようやく見つけた俺の居場所を……彩羽をまた侮辱してみろ。テメェ本気で殺すぞ」
「……っ!?」
　全部を背負って生きてきた蘭くんの目は、本気だった。
　これには、さすがの鈴くんも黙り込むしかなかったみたい。
　蘭くんが鈴くんの胸ぐらパッと離して、立ち上がる。
「彩羽、行くぞ」
「……うん」
　店から出ていく蘭くんの背中を追った。
　鈴くんのことが気になって、ドアの前でピタリと立ち止まって振り返ると、彼は店員さんに声をかけられても床に座ったまんま、うつむいていた。
　そんな鈴くんの姿を見ていられなくて、逃げるようにお店から出た。

「ちょっ……蘭くんやめてよ!」
「……」
「蘭くんってば!」
　何も言わずに連れてこられた場所は……蘭くんのマンション。

警戒心なんか、今さら蘭くんに持てるわけなくて……。

　なんの疑いもせずに部屋に入ったら、靴を脱ぐ暇さえ与えてくれない蘭くんに玄関先で押し倒された。

「蘭くんどいてよ！」

　じたばた暴れても、男の力に敵うわけない。

　そんなこと、バカな私でも知ってるよ……。

　だけど、こんな無理やりするなんて、絶対に嫌だ。

　意味がわからない。なんでこんなことになったんだろう。

「なあ彩羽、鈴を見てどう思った？」

「……」

「愛着でも湧いたか？　俺よりあいつのほうがいいと、少しでも思ったか？」

「そんなこと……」

　あるはずないのに。何を不安がっているの蘭くん。

　私は蘭くんだけだって、何度も言ってるじゃん。

「いつも奪われるんだ……。俺が大切にしてきたものすべて、あいつに」

「……蘭くん」

「お前まで奪われたら俺……今度こそどうしていいのかわかんねぇ……。お前のこと信じたいのに信じられねぇんだよ、情けねぇ」

「……」

「どうせ奪われるんだったら、お前の初めて俺にくれよ。なあ？」

「……っ」

蘭くんの過去を辿ってみたら、人を信じられなくなって当然だと思う。

そのくらい辛い過去を、1人で味わってきたんだ。

だけど、だけどね。

どうせ奪われるって何？　そんなに私、信用ない？

「私は……あの人たちみたいに蘭くんを傷つけたりなんかしないもん……。蘭くんから離れていかない。蘭くんだけを見てる……だから」

だから、私に依存して。

私がいないと息もできないくらいに、溺れてよ。

溺れたまま、2人で沈もうよ。

蘭くんとなら苦しくないよ、私。

着ている服を脱ぎ捨てて、愛の証拠だと彼に体を見せる。

蘭くんは目を見開いて、すぐに私から目を逸らした。

強引に迫ってきても結局最後まで抱かない彼は、弱っていても正気なんだ。

正気だから……壊れにくいし、自分の弱さを上手く表現できないんだと思う。

いっそのこと、壊れてしまえば楽なのにね。

「……ダサすぎるだろ、俺」

「蘭くんは……どんな時でもカッコいいよ？」

「バカッ……好きな女の前で、泣きたくねぇんだよ」

そう言って、涙を隠すためだけに私を抱きしめる蘭くんは、どこまでも弱い自分を見せたくないらしい……。

惚れた弱み、そんなところも含めて全部好きだよ。

「彩羽……ちゃんと服着ろよ」

「蘭くんに抱きしめられて、隠れてるから大丈夫じゃないかな？」

「お前……俺が手を出さないの知ってて、んなこと言ってんのか？　これじゃあ、ただの生殺しだな……。お前は悪魔か？」

「弱ってる人間の心の隙間に、入り込むのが悪魔なんです」

　バカ言ってんじゃねーよ。と、私のおでこを突く蘭くんは、私から体を離して立ち上がり、疲れた顔でベッドに倒れ込む。

　床に散らばっている服を急いで着ながら蘭くんを見ていたら、ちょいちょいと手招きされて、私も蘭くんの横に寝転がった。

「今日泊まってけよ」

　耳元をくすぐる、その低い声が好き。

「言われなくてもそうするよ。こんな状態の蘭くんを1人にしておけないもん」

「……いい女だな、お前」

「そりゃあ、蘭くんの恋人ですから」

　冗談めかしながら口角を上げると、私の頭を撫でてくる蘭くん。

「好き、だ」

「……っ、何、急に……」

「いや……言っとかねーと、お前を縛れない気がして」

「言葉にしなくても伝わってるよ、蘭くんの気持ち。でも

私的にはもっと愛情表現してくれてもいいと思う」

「さて……寝るか」

「ちょっと聞いてるの、蘭くん」

　普段恥ずかしいことをいっぱいしているくせに、急に照れはじめる蘭くん。

　照れ顔をどうしても見られたくないのか、私の頭を思いっきり掴んで顔を枕に押しつけた。

「〜〜〜っ!?」

　じゃれ合いはじめて数分後、近くで感じる蘭くんの体温にやられてウトウトしてきた。

　目を開けたり閉じたりを繰り返している私のまぶたに、そっと触れる蘭くんの指。

「……寝ろ」

「……んっ、蘭くんも……寝てね」

「ああ、お前がいるから安心して眠れそうだ」

「そ……か」

　それならよかった、と伝えたかったのに、完全に閉じてしまった目と口のせいで、伝えることができなかった。

　ふわふわと甘い甘い夢の中へ誘われて。

「……そろそろ終わらせないとな、俺の手で。もう過去にとらわれるのはうんざりだ……」

　誓うように、寝ている私の耳元で蘭くんがそう呟いていたことを私は知らない……。

　放課後、蘭くんの学校に行くと、必ずと言っていいほど、

どんなに無視しても校門で待ち伏せている鈴くんがいる。

「ねぇ、兄さん帰ってきて」

「母さんが兄さんの顔を見たいって」

「また家族に戻ろうよ」

　彼のしぶとさを見ていると、本当に蘭くんと家族に戻りたいみたいだ。

　それでも蘭くんが過去を許すわけがない。

　そう……思っていたのに、今日の蘭くんはいつもと何かが違う。

　あんなに無視していた鈴くんを、自ら屋上に呼び出すなんて、信じられない。

　蘭くんの心情に変化でも……？

　でも、そんな簡単に許せる過去ならとっくに解放されているはずでしょ？　胸の痛みから。

　何を考えているの蘭くん。なんで私には相談してくれないの？

　不安げに蘭くんを見つめる私に、「大丈夫だ」と髪の毛が乱れるくらい頭を撫でてくる蘭くん。

　そんなんで誤魔化されないもん……。

　でも、私は蘭くんの味方だから、蘭くんのやろうとしていることに口は出さないよ。

「兄さんのほうから、僕に会いに来てくれてうれしいよ」

「できることなら、俺はこの先、一生お前に会いたくなかったけどな」

「……冷たいね、兄さん。でっ？　話って何」

何かを決意したように、グッと私の手を握る蘭くんが目をつむる。

　嫌味なほど殺風景な屋上で、静かに吹いた風が蘭くんの頬を撫でながら消えていく。

　——そして。

「あの女に……母さんに会わせろ」

　息をのむ暇もないくらい、驚いた。

　でも、一番驚いているのは鈴くんだ。

　だって、まさか本当に蘭くんがお母さんに会う決断をしてくれるなんて、思ってもみなかったから。

　鈴くんは力なくフェンスに背中を預ける。

　蘭くんは、まっすぐな瞳で鈴くんだけを見ていた。

「兄さん……正気？」

「家族に戻りたいって言ったのは、お前のほうだろ」

「いや、だってまさか……」

　ファーストフード店でのケンカ腰の勢いはどうしたのか、蘭くんが私の手を離して、鈴くんに1歩だけ近づく。

　鈴くんとの距離が近くなるたび、私から離れていく蘭くんの背中。

「鈴、お前の思惑どおりに動いてやるよ」

「……兄さん」

「だから、明日にでも母さんに会わせろ」

　"ただし"とつけ加えた蘭くんが、私の腕を引っ張って、鈴くんの前に立たせた。

「こいつも連れてく」

「なっ……!?　何それ！　意味わかんないよ蘭くん！」

「彩羽、お前は俺の心の安定剤なんだ」

「……っ」

「何かあったらお前が俺を止めろ。お前が行かないなら、俺も行かない」

　こんなのって絶対おかしいよ。

　会いたくない。

　蘭くんのお母さん……いや違う。

　蘭くんを苦しめた女なんか、見たくもないんだ。

　だけど、蘭くん自身が望んでいる。

　お母さんに会うことを。

　だから、黙って頷くことしか……できなかったんだ。

暗黒からの脱出

屋上で鈴くんと約束をした次の日の放課後。

　さっそく、私たちは鈴くんの家に向かっていた。

　嫌なことを無理に思い出す必要なんかないのに、何を企んでいるんだろう……蘭くんは。

　私の考えすぎかな？

　もしかして本当に、家族に戻りたいと思っているのかも。

　小さいころの家族への愛着は、まだ消えてないようだ。

　私なんかよりずっと……鈴くんたちのほうが蘭くんに必要とされているのかもしれない。

　やばい、思考がどんどん荒れていく。

　そんな私の顔を覗き込んできては、「どうした？」と背中をさすってくれる蘭くんの手が優しすぎて辛い。

　嫉妬深い彼女でごめんね。

　でも、どうしても、蘭くんが一番求めている人が私じゃなきゃ嫌なんだ。

「兄さん、心の準備はいい？」

　ついに、鈴くんの家に……いや、蘭くんのトラウマの元に来てしまった。

「蘭くん……」

「大丈夫だ、彩羽」

「……」

「大丈夫だから」

　そう言って、その長い脚で自ら踏み込む辛い世界は、いったいこれから何を物語るのか。

　鈴くんが家の鍵を開け、私たちを家の中に入れてくれた。

「お邪魔します……」と私は言うけど、蘭くんは口を閉じたまま靴を脱いだ。

家族から他人になって、また家族になるってどういう心境なんだろう……？

もし私が大好きなお母さんに捨てられたら、たぶん……もう生きていけない。

なのに蘭くんは、そんな母親を許そうとしているの？

やっぱり……理解できないよ。

「母さん、兄さん連れてきたよ」

リビングに私たちを案内する鈴くんが、そう言いながらドアを開けた。

ドックンドックン、と、手加減なしで鼓動が猛スピードで鳴る。

リビングに入っていく蘭くん。

すると、ガバッと彼に飛びつく女の人。

なんでそんなに簡単に、捨てた息子を抱きしめることができるんだろう。

そんなことを、ぼんやりと思う。

「蘭……っ、会いたかった」

「……っ」

「ごめんね蘭、ごめんね」

謝っても許してもらえる話じゃないことくらい、わかっているくせに。

涙で同情を買おうとする母親に呆れると同時に、嫌でも家族なんだということを思い知らされる。

だって蘭くんと顔は似ていないけど、雰囲気はそっくりなんだもん。

「母さん……久しぶり」

　薄く開いた唇から、やっと絞り出せた声で蘭くんが母親の肩を掴みながら言った。

　蘭くんは大人だった。

　怒鳴るわけでもなく、冷たくあしらうわけでもなく。

　昔はちゃんとした愛があったことを思い出しながら、そのきれいな顔で不自然に笑うんだ。

　感情的にならない蘭くんのことが怖い。

　一発叩いたって、近所に迷惑かけるくらい怒鳴ったって、絶対バチなんか当たらないのに。

　蘭くんはそうしないんだ……。

　リビングには見えない境界線が引かれ、他人の私は邪魔なんだと無言の圧力をかけられているような気さえする。

　だから、リビングに入ろうなんて、そんなおこがましいことはできないから帰ろうと後ろを振り返ると、蘭くんが、すごい勢いで抱きついている母親を引き離して私の肩を掴んだ。

　そんな蘭くんを見て、お母さんと鈴くんは唖然。

　空気がピリッと変わる。

「何……っ、帰ろうとしてんだよ」

「だって私……必要ないじゃん」

「ふざけんな、俺はお前がいるから平常心を保ててるんだ」

「……っ」

暗黒からの脱出 ≫ 263

「言ったろ？　お前は俺の心の安定剤だって」

「……」

「もうすぐ、すべてが"終わる"から見届けろよ……彩羽」

　鈴くんとお母さんに聞こえないように、微かな声で蘭くんは言う。

　蘭くんが何を考えているのか、今はわからない。

　でも、私がいることで彼が救われるなら、もう少しここにいてみよう。

　迷った末にそう考えて、リビングに足を踏み入れた。

「彩羽ちゃん、おかわりあるから。遠慮せずどんどん食べてね」

「……はい」

　久しぶりに息子と会える喜びを隠せないのか、それとも今までの罪滅ぼしなのか、蘭くんのお母さんは、たくさんの料理を作って待っていた。

　テーブルに置いてある豪華な食事に、隣に座る蘭くんと苦笑い。

「兄さんも、遠慮せずに食べてよ……。って言っても、これから毎日食べることになるだろうけどね」

　そう言って、鈴くんが先にご飯を口に運んだ。

　でも、蘭くんは食べようとしない。

　私も彼の様子を見て、持っていた箸を置いた。

「……？　どうしたの蘭、食べないの？」

　不思議そうに、お母さんが言う。

「いや……」

「そうよね、久しぶりの母親の料理だもんね。緊張して喉を通らないのね」

「母さん」

「あっ、そうだ蘭！　今、住んでいるマンションの解約手続き、お母さんも一緒に行ってあげるからね」

　うきうきと笑顔で話す蘭くんのお母さん。

　すると、蘭くんがイスから立ち上がって深いため息をついた。

「これが、あんたと鈴のやりたかった家族ごっこってやつか？」

　さっきとは打って変わって、愛想の欠片もない。

　突然、場の雰囲気をガラリと変える蘭くんを見て、動揺を隠せないお母さんの顔から笑顔が消えた。

「蘭……急にどうしたの？」

「そうだよ兄さん、なに怒ってんだよ急に」

　焦りはじめる2人は、蘭くんのご機嫌を取ろうと必死だ。

　だけど蘭くんは、テーブルに置いてある調味料を手に取って全部の料理に振りかけた。

「何するの蘭！」

　それを見て、怒る母親。

　蘭くんは構いやしないと調味料を使いきると、すっかり見た目がひどくなったごちそうを、母親の目の前に差し出した。

「食えよ」

「──っ!?　何を言って……、こんなの食べられるわけな
いじゃない……っ!」

「ああ、俺も同じだ。あんたが俺のためだけに、こんなご
ちそうを作ったって考えるだけで食欲が失せる」

「なっ……!?」

「あんたさ、バカだろ?　俺が何も言わないからって、勝
手に許されたと思って。なんでそんな簡単に笑えるんだよ、
俺の前で」

「……」

「一緒に住む?　冗談じゃねぇ。ほんと呆れる、なんでこ
んな奴と家族だったのか……」

　この家に来て、積み重ねていくはずだった愛。

　けれど、そこには家族の愛なんてものは、そもそも存在
していなかった。

「あんたが俺を捨てた日から、俺はあんたの存在が憎くて
憎くてしょうがなかったよ」

「ちがっ……!　捨てたんじゃないのよ、蘭!　本当は鈴
と一緒に蘭も連れていこうとした!　でも、蘭の帰りが遅
いから……。父さんから逃げるには、こうするしかなかっ
たのよ……」

「その父さんの金で、この家を買ったんだろ?」

「──っ!?」

「知ってるぜ?　ぜんぶ。父さん名義で借金したことも、
父さんがもう母さんとは関わりたくないから訴えなかった
ことも。俺は全部知ってんだ、あんたがどれだけ欲にまみ

れた人間かを」

「……」

「俺も連れていこうとした？　笑わせんなよ。俺に対して少しでも情があるなら、父さんが亡くなった時、俺を引き取りに来るはずだろ？　でも、あんたは来なかった。俺って、あんたにとってその程度の存在なんだよ」

「……」

「鈴の近くに俺が現れたのが怖くなって、俺を引き取る気にでもなったんだろ？　あんたは俺に復讐されるのが怖いだけだ」

　──ダンっ！とフォークがテーブルに突き刺さる。

　尖ったフォークがテーブルを貫く姿は蘭くんの怒りそのもので、怯えた目で蘭くんを見るお母さんは、もう何も言い返せないようだった。

「なんでだよ兄さん！　やっと家族に戻れるって時に、なんでそんなこと言い出すんだよ！」

　空気を読まずに叫び出す鈴くんは、何もわかってない。

　もう鈴くんと蘭くんは……他人なんだよ。

「彩羽、行くぞ」

「おい兄さん、逃げんのか!?」

「逃げてねぇ。もう逃げたくないから、ちゃんと決着つけに来たんだ」

「決着ってなんだよ！　兄さんは嘘つきだ！　俺は昔みたいに兄さんと兄弟に戻りたかっただけなんだ……っ！　なのになんでそんな──……」

突然ハッと我に返る鈴くん。

　蘭くんは鈴くんのことを、なんの感情もない冷たい目で
見ていた。

　それが何を意味しているのか、ようやく理解しはじめる
鈴くんが、その場に膝をつく。

「……じゃあな、鈴」

　それだけ言って、蘭くんはうつむいたままの２人に背中
を向けた。

「ねぇ、蘭くん。本当にこれでよかったの……？　後悔し
てない？」

　あの歪な家から出て数分がたつ。

「後悔なんかするかよ。あの女を見た瞬間に確信したんだ。
もう……あいつへの未練はないと」

「……」

「あんなに大好きだった母親でも、裏切りという形で離れ
ていったら、もう他人なんだよ」

「私は離れていかないよ？」

「知ってる。だからそばに置いてんだよ」

　お母さんと会って、もしまた蘭くんの心が壊れたらどう
しようかと思ったけど、そんな心配はいらないくらい、蘭
くんはちゃんと、自分自身の過去と向き合って長年の呪縛
から解き放たれることができた。

　だけど……なんだろう、このスッキリしない気持ちは。

　夕方まで晴れていた空が、今は曇って星すら見えない。

光を失った空が、私たちの警戒心を鈍らせる。
「ねぇ、ら───……」
　『蘭くん』と名前を呼んで、いつもみたいに何気ない会話をしようとした時だった。
　いつの間にか蘭くんの後ろには、黒いマスクで口元を隠した男が立っていて、両手で持っているバットを蘭くんの頭目がけて振り下ろす。
　それに気づいた蘭くんは避けようとするけど、完全には避けきれず、バットで右足を強打された。
　───バキッ!!
「ぐっ……」
「蘭くん!?」
　ドサッ……と、その場に倒れ込む蘭くんが薄く唇を開く。
「逃げろ……彩羽」
「でもっ」
「いいから早く……逃げろっつってんだろ!!」
　痛みに耐えている蘭くんの切羽詰った声に、思わず怯む。
　まわりの建物がない小道は、明かりもなく。
　だけど暗闇に慣れた目が、私たちの目の前に現れた男をしっかりと見つめる。
「俺から逃げようなんて、兄さんも甘いね。それでも紫蓮想の総長なの?」
　蘭くんをバットで殴った男の後ろから現れたのは鈴くんだった。
　さっきまで一緒にいたはずの彼から放たれる殺気立って

いるオーラは、私に言葉を失わせる。

「女なんかに入れ込むから、弱くなるんだよ兄さん」

倒れている蘭くんを見下ろしながら鈴くんが言う。

「テメェ……なんで俺が暴走族の総長やってることを知ってんだ」

動けなくても、負けじと鈴くんを睨む蘭くん。

私の額から汗がすべり落ちた次の瞬間。

「それは俺も、兄さんと同じで暴走族の総長だから？」

そう鈴くんが言うと、前からタイミングよく現れた1台の黒い車がライトで私たちの目を眩ませる。

眩しさに、思わず目を細めると。

「きゃっ……!!」

いきなり鈴くんに肩を掴まれ、乱暴に開けた車の中に私を放り投げてドアを閉めた。

「彩羽……っ!!」

外から聞こえてくる蘭くんの焦った声を聞いて車のドアに手を伸ばすけど、その手を掴んで阻止したのは、一緒に車の中に入った鈴くんだった。

「ダメですよ、彩羽さん。今あんたに逃げられちゃ、兄さんを俺らの"倉庫"まで誘き出せないじゃないですか」

どうやらこの男、狙いは自分が率いる暴走族が集まる倉庫に、蘭くんを1人で向かわせる気みたいだ。

蘭くんのことが心配でしょうがない。足のケガがひどくならないうちに病院に連れていってあげたいのに。

「鈴くん。蘭くんはあなたのお兄さんなんだよ？　なんで

こんなひどいことするの？」

　敵に捕まっているとわかっていても抗ってしまうのは、蘭くんと一緒にいて、心が強くなったおかげなのかな。

「ひどい……俺が？」

　すると突然、人が変わったかのように、鈴くんはこの世を恨んでいるとでも言いたげな鋭い目つきで私を睨む。

「ひどいのは兄さんのほうだろ!?　俺が今までどんな思いして"1人"で生きてきたと思ってんだ……!!」

　ギュッと強く自分の胸ぐらを掴みはじめる鈴くんは、興奮して前にある助手席を強く蹴る。

　息を荒げ、目に光を失った彼になんて言っていいのかわからず、足の踏み場が悪い、ガタゴト道を走る車に揺られながら黙っていると。

「──降りろ」

　さっきいた場所よりもさらに暗い場所で車が止まり、鈴くんにそう言われた。

　これ以上、鈴くんを刺激したら何をされるかわからないから、素直に車から降りて顔を上げる。

　するとそこには、紫蓮想の倉庫とはまた違った不気味な雰囲気を漂わせている大きな倉庫があった。

「中に入れ」

　トンッと軽く背中を押され、後ろにいる鈴くんを横目に嫌々倉庫の中に足を踏み入れる。

　倉庫の中は空っぽだった。

　まるで鈴くんの心の中を映しているみたいな気味が悪い

倉庫の奥から、人の気配がする。

　倉庫に入ってすぐ右側にあるスイッチをマスクの男が押し、明かりがついたところで他にも人がいることを知る。

「遅すぎだぜ総長、さっさと紫蓮想を倒そうぜ」

　倉庫の奥からのん気にアクビなんかして、現れたのは赤い髪の男。

　その男が着ている特攻服の背中には【星雷】の文字。

「ほし……かみなり？」

「"せいらい"だ」

　思わず声に出して漢字をそのまま読むと、隣にいる鈴くんにツッコまれた。

「ふーん、この女があの百目鬼蘭の女なんだ。もっと派手な女がタイプだと思ってた」

　赤髪の男は舌をベッと出しながら、私を舐めまわすように見てくる。

　それが気持ち悪くて彼から少し離れると、突然鈴くんが私の腕を掴み、倉庫の奥へと引っ張っていく。

「鈴くん……何する気？」

「もう、あんたに用はないんだけど、どうせなら、俺を裏切った兄さんに痛い目を見せようと思って」

　無表情のまま鈴くんは一番奥にある部屋のドアを開け、１つだけポツンと置いてあるシングルベッドの上に私を放り投げる。

　顔を上げると、すでに私の体には鈴くんが覆いかぶさっていた。

「恨むなら兄さんを恨みなよ」

　悪役のお決まりのセリフを自然と言ってみせた鈴くんが突然、私の唇に自分の唇を押しつける。

　一瞬で、頭が真っ白になっていく。

　蘭くん以外の男の人からのキスは気持ちが悪く、愛がないせいか乱暴にも感じる。

　私はすぐに鈴くんの胸を押して離れようとするけどビクともしない。

　すると、鈴くんの唇が頬を伝いながら私の首元へ移動してきた。

「やっ……！　やめてよ鈴くん!!」

　抵抗しても抵抗しきれていない自分の力は、しょせん男には敵わないんだと思い知らされているようで嫌だった。

「彩羽さんも、兄さんも……世界中のみんな、俺みたいに不幸になればいいのに」

　ボソッと彼から呟かれた言葉は、彼自身の闇から生まれたものなの？

　わからない。私には、鈴くんが何に追い込まれてこうなったのかわかってあげられない。

　蘭くんとのつながりがなければ、彼に会うことはできなかった。

　そして蘭くんも、私に出会わなければ一生弟と会うことなんてなかったと思う。

　本当にこのままでいいのかな……？

　血はつながっていなくても、２人は純粋だったあのころ

をともに過ごしてきたはずなのに、それを汚したまま終わらせて、いったい誰が報われるのだろう。

蘭くんは蘭くんしか味わったことがない痛みに耐えてきたのなら、それはもしかして、鈴くんだって同じなのかもしれない。

「鈴くん……っ」

そっと手を伸ばして、両手で彼の頬を包み込むように触った。

この時の私は、蘭くんの過去を思い出しながら、鈴くんを見ていたのかもしれない。

「——ッ……」

私の真剣な目を見て、鈴くんの瞳が揺れる。

痛みを分かち合うなら同情だって必要だと思うから、彼の心の隙間に入りたくてジッと見つめていた。

だけど、それを遮るように、部屋のドア越しから男同士の言い合っている声が聞こえてくる。

「来たか、兄さん」

視線を私から外し、体を起こして部屋から鈴くんが出ていく。

蘭くんが助けに来てくれたことにホッとしている自分と、もう少しで鈴くんの心の闇が見えそうだったのにと、あの状況に惜しむ自分がいる。

私も乱れた制服を整えて急いで部屋から出ると、倉庫の中にはいつの間にか星雷の特攻服を着た数十人の不良が集まって、蘭くん1人を囲んでいた。

「蘭くん……‼」

　敵に囲まれながらも私を必死な目で探す蘭くんに、ここにいること、無事だってことを知らせたくて、思わず大声を出す。

「彩羽……待ってろよ、今すぐ助けに行く」

　私が無事だとわかった瞬間、蘭くんは手加減なしで目の前にいる不良を、ケガした足をかばいながら器用に倒していく。

　だけど、1人に対して相手は何十人もいる。

　いくらケンカが強い蘭くんでも、体力の限界があるみたいで息が乱れはじめていた。

「へへッ、紫蓮想の総長もここまでってとこかな？」

　顔に伝う汗を腕で拭っている蘭くんに、赤髪の男が手を伸ばすけど……。

「待て」

　倉庫内に響き渡る、低い声。止めたのは、鈴くんだった。

　鈴くんは蘭くんの目の前に立ち、持っていた折り畳みナイフを軽く投げて蘭くんの前に差し出した。

　クルクルと床で回転しているナイフが止まると、蘭くんは鈴くんに目を合わせる。

「なんの真似だ、鈴」

　ギリギリと睨む蘭くんに怯むことなく、鈴くんは無表情で返事をする。

「兄さんに見てほしいものがあるんだ」

　そう言いながら服を捲った鈴くんのお腹には、バツを描

いた傷が深く刻まれていた。

それを見たこの場にいる全員が絶句する。

だけど、一番顔を歪めていたのは蘭くんだった。

「鈴、お前それ……」

まさか、兄弟が同じ傷を負っていたなんて、誰が予想できるんだろう。

「兄さん……あんたさ、小さいころに母さんが俺に暴力を振るってたこと知らないだろ？」

「——ッ!?」

「なのにあんたは、俺に母さんを取られたとか間抜けなことを抜かしやがって……！　俺がどんな気持ちであんたの嫉妬にも、母さんからの暴力にも耐えてきたと思ってんだ!!」

「鈴……」

目を背けたくなる現実は、蘭くんの過去だけじゃない。

鈴くんにもあった。

ゆっくりと鈴くんが、その微かに震えた唇を薄く開いた。

「俺と兄さんが物心つく前に、俺の母さんと、兄さんの父さんは再婚したらしい」

そっと目を閉じ、自らの苦しんだ過去を鈴くんは心が壊れていく音に耳を傾けながら話していく。

鈴くんも蘭くんも連れ子だったため、最初のうちは血のつながっている自分の子供にしか互いの親は愛情を注がなかった。

だが、籍を入れた互いの親は世間の目を気にし、外面だ

け自分の子供として扱うようにはなった。

　だけど、夫婦のすれ違いは鈴くんの想像を激しく超え、仕事と家庭のストレスからか、お父さんはお母さんに暴力を振るうようになっていく。

　その暴力についに耐え切れなくなったお母さんは、鈴くんに当たるように暴力を振るうようになっていった。

　それを知らずに、鈴くんだけが母親に構ってもらえていると思っていた蘭くん。

　本当はお父さんにも蘭くんにも、助けを求めたかった。

　だけど、鈴くんと蘭くんの純粋な気持ちを踏みにじった両親の離婚が、その希望をすべて壊し、鈴くんは蘭くんもお父さんも……そして血のつながったお母さんも今でも憎んでいるんだ。

「母さんに引き取られた時、絶望したよ」

　話を終えた鈴くんの目には、希望や生気さえも残っていなかった。

「……」

「俺は兄さんなら助けてくれるって信じてた。言わなくても心が通じ合ってると。だけどあんたは今日、あんたを捨てた母さんだけならまだしも、俺とまで縁を切ったんだ」

「待て鈴、俺は……」

「言い訳なんか聞きたくねーんだよ!!」

　今の鈴くんは、聞く耳なんか持てないほど感情が高ぶっている。

ふと、鈴くんの目が落ちているナイフ一点に集中する。

　嫌な予感がした。

　そしてそれは、見事に的中した。

「それで、自分の体、どこでもいいから切れよ」

　もう鈴くん自身、自分でも何を言っているかよくわかっ
ていない。

　正気じゃない彼を見て蘭くんは息をのむと、落ちている
ナイフを拾い上げる。

「なっ……!?　蘭くんやめてよっ!!　そんなことしたって
何も……」

「わかってる!!」

「――ッ!?」

「わかってる……が、こうするしか方法はねぇんだよ彩羽」

　どこか諦めた様子の蘭くんに、怒り出したいのをグッと
堪える。

　こうするしか方法がないなんて、何?

　本当にそれで2人とも幸せになれるの?

　こんなの間違っている……って、わかってるくせに、つ
いに何かを決心したかのように、ヒヤリと冷えているナイ
フを、蘭くんは手首に当てる。

　今まで痛みに耐えてきた蘭くんだ。

　だけど今度は、弟の分の痛みまで自分が背負おうとして
いる。

　――ねぇ神様、教えて。蘭くんはいつになったら幸せに
なれるの?

やっぱり、私じゃ頼りにならない？

　私じゃ彼を幸せにしてあげることはできない？

　誰もが固唾をのんで蘭くんを見守る中、ついに蘭くんが皮膚にナイフを当て、動かそうとした時。

「……ダメだよ蘭くん、やっぱりこんなこと間違ってるよ」

　皮膚が切れる一歩手前で、私は急いで蘭くんがナイフを持っている手を握って止めた。

　自分でも、どうやって彼の隣まで来たのかわからない。

　だけどそのくらい、必死だったんだと思う。

「いろ……は」

「今まで痛みに耐えてきたくせに、これ以上……傷を増やさないで」

　彼の背中にある傷を、服越しに触ってみる。

　この体の中に、どれだけの傷があるか。蘭くんが鈴くんをわかってなかったみたいに、鈴くんだって蘭くんのことをわかってない。

　兄弟で責め合っても意味がないことくらい、2人だってもうとっくの昔にわかっていたはず。

　許せないのは、忘れられない傷がある自分の過去だけ。

　無理して忘れようなんて、すればするほど記憶は濃くなっていく一方なのにね。

「彩羽、俺。鈴を守ろうと思って……」

「うん」

「なのに俺、本当は臆病な自分が情けなくて、カッコつけたかっただけなんだ……」

暗黒からの脱出 **>>** 279

　うつむく蘭くんが、私にだけ聞こえるように小声で弱音
を吐く。

　ひとりよがりだった蘭くんが日に日に私を頼ってくれる
ようなったことがうれしくて、心がぽかぽかと温かくなる
のを、胸の奥で感じた。

「鈴」

　弱音を吐き終えた蘭くんは、ちゃんと鈴くんと向き合う
ため、彼の目の前に立つ。

　――そして。

「悪かった」

　深く頭を下げる蘭くんに、鈴くんは思わず目を見開く。

「何を今さら……ッ!!」

　兄のそんな姿を見て失望したのか、声を荒げる鈴くん。

　それでも謝ることをやめずに、ついには地面に膝をつけ、
土下座までしようとする蘭くん。

　そんな蘭くんを見て、やっぱり鈴くんはまだ誰もが持っ
ている人の"心"ってやつを手放せないみたい。

　……だって鈴くん、今にも泣きそうな顔で蘭くんを見て
いるんだもん。

「兄さん、もういいから」

「……」

「もう……本当にいいから、いい加減、頭……上げろよ」

　弱々しい鈴くんの言葉に顔を上げた蘭くんはすぐに立ち
上がって、倒れそうになっている鈴くんを抱きしめる。

　鈴くんは泣き顔を見られたくないのか、蘭くんの肩に顔

を押しつけた。

「ごめっ、兄さん。俺、本当は……父さんに引き取られた兄さんが羨ましくて」

「……」

「母さんと、2人っきりになることが怖かったんだ」

　お互いが知らない間に増えていった傷。

　それがたとえ消えなかったとしても、この先2人が幸せになれるなら……その先だけを見つめていたいね。

「……鈴、お前、紫蓮想に入らないか？　お前の痛みに気づいてやれなかった俺が言うのもなんだが、お前は今も過去に苦しめられているように見える。星雷は、本当にお前の心のよりどころなのか？」

　蘭くんの言葉に、鈴くんは驚いて言葉を失っている。

「彩羽、外に歩夢が待ってるはずだから……先に車に乗ってろ。ここからは男同士の話し合いだ」

　うつむいて戸惑っている様子の鈴くんを見て、蘭くんが言う。

　星雷の総長である鈴くんが紫蓮想に入るだなんて、そんなの星雷の人たちが簡単に許すわけないもんね。

「歩夢さん、来てるんだ」

「俺は足をケガしてるからな。お前が拉致されたあと、すぐあいつに連絡してここまで連れてきてもらった」

　紫蓮想の問題じゃなく兄弟の問題だからと、歩夢さんには外で待機してもらっているらしい。

暗黒からの脱出 ≫ 281

　もう私がいなくても、この２人は十分に立ち直れている
と思い、言われたとおり先に歩夢さんのところへ行こうと
した時だった──。
「ふざけんじゃねぇ!!　なんで俺が、テメェらのくだらねぇ
茶番に付き合わされねーといけねーんだ!!」
　ずっと黙って見守っていたはずの星雷の仲間たち。
　だけど、１人納得がいかない赤髪の男が大声を出しはじ
める。
「県で一番強い紫蓮想の総長が１人で敵の倉庫に乗り込ん
できてんだぞ……!?　こんな二度とないチャンス、逃して
いいのかよ!!　なあ、総長!?」
　赤髪の熱い問いかけに、蘭くんの肩で泣いている鈴くん
は応えようとはしない。
　それを見てブチ切れた赤髪が、「この星雷の面汚し
がっ!!」と、拳を強く握り鈴くんに向かっていく。
　弱っている鈴くんが殴られるのなんて見たくなくて、反
射的に目を逸らして数秒がたつけど、音が一向に聞こえて
こない。
　恐る恐る、蘭くんたちのほうに目を向けると。
「いっぱい傷ついてきたこいつを、これ以上……責めない
でやってくれ」
　赤髪の拳を受け止めていたのは、蘭くんだった。
　軽く受け止められた拳に驚いて、赤髪はその場に尻もち
をつく。
　今からでも兄の役目を果たそうとしている蘭くんは、鈴

くんを守った自分自身を見て、もっと強くなった気がする。

　守るものが増えると、人ってやっぱり強くなれるんだね。

「鈴の奴、紫蓮想に来ると思うか？」

　星雷の倉庫から出て10分くらいたつ。

　あのあとの星雷がこれからどうなっていくのかはわからないけど、内部で起きたケンカは自分たちで解決したほうがいいと、蘭くんが鈴くんと赤髪の男に気を利かせ、私を連れて倉庫をあとにした。

　星雷に留まるのも鈴くん次第だけど、鈴くんはきっと紫蓮想に入ると思うんだ。

　そのほうが、鈴くんにとっても蘭くんにとってもいいことだから。

　1人で向き合えきれなかった過去なら、傷ついた2人で向き合うことで強くなれると、私は信じている。

　なんだか気が抜けてボーッと窓の外を見つめている私とは違って、蘭くんはまだ、鈴くんのことが気になってしょうがないみたい。

「きっと来るよ」

　そう返事をすると、私を信じていなかったあのころの蘭くんはもういないみたい。

　安心したように、強張った体を車のシートにもたれかかり預けた。

「彩羽、明日行きたいところがあるんだ。お前もついてきてくれないか？」

暗黒からの脱出 >> 283

「もちろん大丈夫だよ。でもどこに行くの？」

「行ってからのお楽しみ……。まあ、あんまり楽しい場所
でもねぇけど」

「……蘭くんと２人ならどこだって楽しいよ」

「はっ……モノ好きだな」

　もっともっと笑ってほしい。

　本気で言っているのに、冗談と受け捉えて笑う彼の顔が
大好きだ。

　蘭くんが口角を上げれば、私だって自然に上がっちゃう
んだ。

　そして、約束をした次の日。

　連れてこられた場所は、蘭くんのお父さんのお墓だった。

　父親の墓に花束を置く蘭くんは、いつもと雰囲気が違う。

　少し……寂しそうだ。

　手を合わせて目を閉じている彼が、語りかけるように
ゆっくりと口を開いた。

「なあ、父さん。昨日、あの女と縁……ちゃんと切ってき
たよ。不思議だよな、血はつながっていなくても家族だっ
たはずなのに、感情１つで呆気なく関係が終わるんだぜ？」

　クスリと笑う蘭くんは、空が曇りはじめても気にせず話
し続けた。

「あんたに縛られて生きてきた人生、……父さんは俺に１
人ぼっちだと言ったよな？　でもそうじゃなかった。現れ
たんだ、俺を見放そうとしない奴が。どんなに突き放して

も、どんなに冷たくしても、こいつは俺から離れない。そして俺も、こいつから離れられない」

　——ぎゅっと私の肩を抱き寄せた蘭くんの顔は、今まで見てきた中で一番、曇りのない穏やかな表情を見せていた。

　凍っていたはずの蘭くんの心は、今ではすっかりと、心という名の太陽を取り戻している。

　ねぇ、蘭くんと出会った時から、いろんなことが起こって、それは私を苦しませると同時に幸せにしてくれたよ。

　今だって幸せすぎて泣きそうだけど、頑張って涙を堪えている蘭くんを見たら、意地でも泣けないなって思った。

　晴れ晴れとした太陽の日差しがスポットライトを当てるみたいに私たちを照らすから、お墓の前で結婚式でもしているみたい。

　蘭くんは、天国のお父さんに私との一生を誓った。

　泣きたい時はお互い寄り添って、幸せが足りなくなったら愛の言葉を素直に伝えよう。

　誰よりも勇敢で、誰よりも寂しがり屋な君のそばから離れないと、今、永遠を誓うよ——……。

　お墓から蘭くんのマンションに戻ってきた。

　電気をつけていないせいかな……？

　静寂の中で私を見つめる蘭くんの目に、なんだか照れてしまう。

「彩羽」

　私の名前を切なげに呼ぶ彼に、求められているような気

暗黒からの脱出 >> 285

がした。

　だから、いつの間にか私たちはベッドの上にいる。

　きつく私を抱きしめる蘭くんの体温に酔いしれてしまいそうだ。

　後戻りはできないことくらいわかっている。

　でも、こんな日だから、こんな時だからこそ、彼にすべてを捧げたいんだ。

「嫌なら殴れ」

「……嫌じゃないよ」

「……無理してないか？」

「……大丈夫だってば」

　1枚1枚脱がされていく服は、ベッドの下に落ちていく。

　──そして。

「んっ……っ！」

　甘い刺激に、さっそく身が持たない。

　無意識に天井に向かって手を伸ばしていた。

　その手を蘭くんが握る。

「彩羽……大丈夫だ」

「……っ」

「痛かったらやめる」

「……」

「でも耐えられそうなら……」

〝その時はそのまま、俺だけを感じて〟

　いつもより優しい口調に惑わされて、彼を受け入れた時に感じた痛みも、甘さも全部、涙に変わっていく。

心も体もつながって、幸せだと心の底から思えるのは、
お互いに愛があるからなんだ。

彼の幸せを願っても、願っているだけじゃ幸せにはなれ
ない。

だけど私自身が彼を幸せにしようと思えたら、もうそれ
は……愛でしかないよね。

「彩羽……っ……」

「らっ……ん」

お互いの掠れた声が、刹那に溶けていく。

蘭くん好き。

大好き。

愛してる。

死んでも離さないし、離れない。

だからもっと私を——求めてね?

いつの間にか眠っていたみたい。

目が覚めた時には朝で、蘭くんがベッドの上で上半身だ
け起こして物思いにふけっていた。

「……蘭くん、今……幸せ?」

「当たり前だ。お前がいて、幸せじゃなかったことなんて
あったか?」

急に素直になられると、反応に困るからやめてほしい。

でも、素直にうれしくて頬が緩む。

彼の目を見るたびあった"寂しさ"は、いつの間にかな
くなっていた。

「蘭くん……好き、私が全部守るから」

　だから安心して、その瞳もその冷たい唇も、背負った痛みも、全部私に預ければいいと思う。

「いろ、は。……俺にはお前しか……いないから……だから……」

　遠のいていく意識の中で彼は愛しい言葉を私に浴びせて、また目を閉じる。

　彼の言葉を先読みして、また頬を緩ませた。

　ねぇ、私は絶対に蘭くんを１人にさせないよ。

　悲しみで歪んでしまったあなたの翼は、もう羽ばたけないほどボロボロになっていた。

　だけど、こんなにも真っ白で、こんなにもきれいなまま、私を魅了している。

　ねぇ、幸せになってほしいから、幸せにするんだ。

　今日も見えるはずのない、そのきれいな翼に包まれながら私はゆっくりと眠りにつく。

「おやすみなさい、蘭くん」

　いつまでも君の隣で夢を見ていたい。

　そして、たくさんの愛に包まれた君と一緒に、確かな未来へと羽ばたいていきたい……。

Fin.

あとがき

　はじめましての方も、そうではない方も、この作品をお手に取ってくださり、ありがとうございます、幸せです！
　この作品と再び関われたことに幸せを感じます。

　じつはこの作品、最初はまったく別のお話で、50ページくらい書き進めていたのを全部消し、また一から書き直した思い出深い作品です。
　どうしても強い男が守られる側になるお話を書きたかったので、私の"好き"が詰め込まれた作品となりました。文庫版はサイト版と一味違う2人の『絆』が書かれていたと思います。

　人の心を掴み、感動してもらえるお話というのは、なかなか難しく、書くのに苦手意識はありました。
　しかし、自分の好きなように作品を更新し頑張って完結させたことで、多くの読者様から温かい感想をいただき、とても幸せな気持ちになりました。
　皆様のおかげで、作品の方向性が決まりました……本当にどうもありがとうございます。

　人と人の関わり合いというのは、どうしてこうも上手くいかないんでしょうか。感情と感情のぶつかり合いで、争

あとがき ≫ 289

いや平和が生まれるのも不思議ですよね。

　自分の言いたいことを隠して生きていくのが辛い……という声をよく耳にしますが、相手を思いやることができている自分をもっと褒めて、自分が自分に感謝すべきだと思います。

　って……nako.のくせに生意気だ〜！と、ジャイ◯ンに怒られてしまいそうな大口を叩いてしまい申し訳ありません。何か嫌なことがありましたら、サンバでも踊りませんか!?　その時はnako.と一緒によろしくお願いします（笑）。

　あれも！　それも！　どれも！　応援してくださった読者様のおかげで、私は今も変わらず元気にリア充ならぬ、野いちご充しています（笑）。物語を文章にしたり描いたりするのはやっぱり楽しいですね、大好きです。

　彩羽と蘭がこれからも、支え合いながら一生をともに過ごしてくれることを祈っています……！

　最後になりましたが、とても色気のある甘くほろ苦い表紙のイラストを描いてくださいました架月七瀬様、大好きな読者の皆様はじめ、この作品に関わってくださったすべての方々に感謝を込めて……。

『本当にありがとうございました』

2019年7月25日　nako.

作・nako.（なこ）

梅雨生まれ。お気に入りの傘の色は赤色。好きな食べ物は梅干しです。見てるだけでも楽しいオレンジジュースは神の飲み物です。『月明かりの下、君に溺れ恋に落ちた。』（スターツ出版）にてデビューし、現在は、ケータイ小説サイト「野いちご」にて執筆活動中。

絵・架月七瀬（かづき　ななせ）

美味しいものと新しいものが好きです。特に新作スイーツが好きで、新商品が出れば必ず買います。日課はラジオ体操第一。最近はパン作りにハマってます。スイーツと掛け合わせたラブストーリーが読みたいので、野いちごで書いてくださったら嬉しいです。勝手に絵をつけにいくかもしれません（笑）。

ファンレターのあて先

〒104-0031

東京都中央区京橋1-3-1

八重洲口大栄ビル7F

スターツ出版（株）書籍編集部 気付

n a k o.先生

この物語はフィクションです。
実在の人物、団体等とは一切関係がありません。
一部、飲酒喫煙等に関する表記がありますが、
未成年者の飲酒、喫煙は法律で禁止されています。

KEITAI
SHOUSETSU
BUNKO
野いちご SINCE 2009

孤独な闇の中、命懸けの恋に堕ちた。

2019年7月25日　初版第1刷発行

著　者　nako.
　　　　©nako. 2019

発行人　松島滋

デザイン　カバー　角田正明（ツノッチデザイン）
　　　　　フォーマット　黒門ビリー&フラミンゴスタジオ

ＤＴＰ　朝日メディアインターナショナル株式会社

編　集　若海瞳
　　　　酒井久美子

発行所　スターツ出版株式会社
　　　　〒104-0031 東京都中央区京橋1-3-1　八重洲口大栄ビル7F
　　　　出版マーケティンググループ
　　　　ＴＥＬ 03-6202-0386（ご注文等に関するお問い合わせ）
　　　　https://starts-pub.jp/

印刷所　共同印刷株式会社
Printed in Japan

乱丁・落丁などの不良品はお取替えいたします。上記出版マーケティンググループまでお
問い合わせください。
本書を無断で複写することは、著作権法により禁じられています。
定価はカバーに記載されています。

ISBN 978-4-8137-0727-1　C0193

ケータイ小説文庫　2019年7月発売

『至上最強の総長は私を愛しすぎている。②』 ゆいっと・著

最強暴走族『灰雅』総長・凌牙の彼女になった優月は、クールな凌牙の甘い一面にドキドキする毎日。灰雅のメンバーとも打ち解けて、楽しい日々を過ごしていた。そんな中、凌牙と和希に関する哀しい秘密が明らかに。さらに、自分の姉も何か知っているようで…。PV1億超の人気作・第2弾！

ISBN978-4-8137-0724-0
定価：本体580円＋税

ピンクレーベル

『お前のこと、誰にも渡さないって決めた。』 結季ななせ・著

ひまりは、高校生になってから冷たくなったイケメン幼なじみの光希から突き放される毎日。それなのに光希は、ひまりが困っていると助けてくれたり、他の男子が近づくと不機嫌な様子を見せたりする。彼がひまりに冷たいのには理由があって…。不器用なふたりの、じれじれピュアラブストーリー！

ISBN978-4-8137-0725-7
定価：本体600円＋税

ピンクレーベル

『年上幼なじみの過保護な愛が止まらない。』 ＊あいら＊・著

高校1年生の藍は、3才年上の幼なじみ・宗壱がずっと前から大好き。ずっとアピールしているけど、大人なイケメン大学生の宗壱は藍を子供扱いするばかり。実は宗壱も藍に恋しているのに、明かせない事情があって……？　じれじれ両片想いにキュンキュン♡　溺愛120%の恋シリーズ第5弾！

ISBN978-4-8137-0726-4
定価：本体590円＋税

ピンクレーベル

『孤独な闇の中、命懸けの恋に堕ちた。』 nako.・著

母子家庭の寂しさを夜遊びで紛らわせていた高2の彩羽は、ある日、暴走族の総長・蘭と出会う。蘭を一途に想う彩羽。一方の蘭は、彩羽に惹かれているのに、なぜか彼女を冷たく突き放し…。心に闇を抱える2人が、すれ違い、傷つきながらも本物の愛に辿りつくまでを描いた感動のラブストーリー。

ISBN978-4-8137-0727-1
定価：本体580円＋税

ブルーレーベル

ケータイ小説文庫　2019年6月発売

『至上最強の総長は私を愛しすぎている。①』ゆいっと・著

高校生の優月は幼い頃に両親を亡くし、児童養護施設「双葉園」で暮らしていた。ある日、かつての親友からの命令で盗みを働くことになってしまった優月。警察につかまりそうになったところに現れたのは、なんと最強暴走族「灰雅」のメンバーで…？　人気作家の族ラブ・第1弾！

ISBN978-4-8137-0707-3
定価：本体580円＋税

ピンクレーベル

『お前を好きになって何年だと思ってる？』Moonstone・著

高校生の美зの美зと冬夜は幼なじみ。サッカー部エース、成績優秀のイケメン・冬夜は美зに片思い。彼女に近づく男子を陰で追い払い、10年以上見守ってきた。でも超天然の美зには気づかれず。そんな美зが他の男子に狙われていると知った冬夜は、ついに…!?　じれったい恋に胸キュン！

ISBN978-4-8137-0706-6
定価：本体600円＋税

ピンクレーベル

『もう一度、俺を好きになってよ。』綴季・著

恋に奥手だった由優は憧れの理緒と結ばれ、甘い日々過ごしている。自信がなくて不安な気持ちでいた由優を理緒は優しく包み込んでくれて…。クリスマスのイベント、バレンタイン、誕生日…。ふたりの甘い思い出はどんどん増えていく。『恋する心は"あなた"限定』待望の新装版。

ISBN978-4-8137-0708-0
定価：本体610円＋税

ピンクレーベル

『いつか、眠りにつく日』いぬじゅん・著

修学旅行の途中で命を落としてしまった高2の蛍。彼女の前に「案内人」のクロが現れ、この世に残した未練を3つ解消しないと成仏できないと告げる。蛍は、未練のひとつが5年間片思い中の蓮への告白だと気づくけど、どうしても彼に想いが伝えられない。蛍の決心の先にあった、切ない秘密とは…!?

ISBN978-4-8137-0709-7
定価：本体540円＋税

ブルーレーベル

ケータイ小説文庫　2019年5月発売

『新装版　好きって気づけよ。』天瀬ふゆ・著

モテ男の凪と天然美少女の心愛は、友達以上恋人未満の幼なじみ。想いを伝えようとする凪に、鈍感な心愛は気づかない。ある日、イケメン転校生の栗原が心愛に迫り、凪は不安になる。一方、凪に好きな子がいると勘違いした心愛はショックを受け…。じれ甘全開の人気作が、新装版として登場！
ISBN978-4-8137-0685-4
定価：本体590円＋税

ピンクレーベル

『学年一の爽やか王子にひたすら可愛がられてます』雨乃めこ・著

クラスでも目立たない存在の高校2年生の静音の前に、突然現れたのは、イケメンな爽やか王子様の柊くん。みんなの人気者なのに、静音とふたりだけになると、なぜか強引なオオカミくんに変身！「間接キスじゃないキス、しちゃうかも」…なんて。甘すぎる言葉に静音のドキドキが止まらない!?
ISBN978-4-8137-0683-0
定価：本体590円＋税

ピンクレーベル

『ルームメイトの狼くん、ホントは溺愛症候群。』＊あいら＊・著

高2の日奈子は期間限定で、全寮制の男子高に通う双子の兄・日奈太の身代りをすることに。1週間とはいえ、男装生活には危険がいっぱい。早速、同室のイケメン・嶺にバレてしまい大ピンチ！　でも、バラされるどころか、日奈子の危機をいつも助けてくれて…？　溺愛120%の恋シリーズ第4弾♡
ISBN978-4-8137-0684-7
定価：本体590円＋税

ピンクレーベル

『新装版　逢いたい…キミに。』白いゆき・著

遠距離恋愛中の彼女がいるクラスメイト・大輔を好きになった高1の葉月。学校を辞めて彼女のもとへと去った大輔を忘れられない葉月に、ある日、大輔から1通のメールが届き…。すれ違いを繰り返した2人を待っていたのは!?　驚きの結末に誰もが涙した…感動のヒット作が新装版として復刊！
ISBN978-4-8137-0686-1
定価：本体570円＋税

ブルーレーベル

ケータイ小説文庫　好評の既刊

『幼なじみの榛名くんは甘えたがり。』 みゅーな**・著

高2の雛乃は隣のクラスのモテ男・榛名くんに突然キスされ怒り心頭。二度と関わりたくないと思っていたのに、家に帰ると彼がいて、母親から2人で暮らそう言い渡される。幼なじみだったことが判明し、渋々同居を始めた雛乃だったけど、甘えられたり抱きしめられたり、ドキドキの連続で…!?

ISBN978-4-8137-0663-2
定価:本体 590 円+税

ピンクレーベル

『俺が意地悪するのはお前だけ。』 善生茉由佳・著

普通の高校生・花穂は、幼い頃幼なじみの蓮にいじめられてから、男子が苦手。平穏に毎日を過ごしていたけど、引っ越したはずの蓮が突然戻ってきた…！ 高校生になった蓮はイケメンで外面がよくてモテモテだけど、花穂にだけ以前のままの意地悪。そんな彼がいきなりデートに誘ってきて…!?

ISBN978-4-8137-0674-8
定価:本体 590 円+税

ピンクレーベル

『新装版 眠り姫はひだまりで』 相沢ちせ・著

眠るのが大好きな高1の色葉はクラスの"癒し姫"。旧校舎の空き教室でのお昼寝タイムが日課。ある日、秘密のルートから隠れ家に行くと、イケメンの純が！ 彼はいきなり「今日の放課後、ここにきて」と優しくささやいてきて…。クール王子が見せる甘い表情に色葉の胸はときめくばかり!?

ISBN978-4-8137-0664-9
定価:本体 590 円+税

ピンクレーベル

『ずっと消えない約束を、キミと』 河野美姫・著

高校生の渚は幼なじみの雪緒と付き合っている。ちょっと意地悪で、でも渚にだけ甘い雪緒と毎日幸せに過ごしていたけれど、ある日雪緒の脳に腫瘍が見つかってしまう。自分が余命わずかだと知った雪緒は渚に別れを告げるが、渚は最後の瞬間まで雪緒のそばにいることを決意して…。感動の恋物語。

ISBN978-4-8137-0665-6
定価:本体 580 円+税

ブルーレーベル

ケータイ小説文庫　2019年8月発売

NOW PRINTING

『至上最強の総長は私を愛しすぎている。③』ゆいっと・著

事件に巻き込まれ傷を負った優月は、病院のベッドで目を覚まます。試練を乗り越えながら最強暴走族『灰雅』総長・凌牙との絆を確かめ合っていくけれど、衝撃の真実が次々と優月を襲って…。書き下ろし番外編も収録の最終巻は、怒涛の展開とドキドキの連続！ PV1億超の人気作がついに完結。
ISBN978-4-8137-0743-1
予価：本体500円＋税

ピンクレーベル

NOW PRINTING

『新装版　やばい、可愛すぎ。』ちせ．・著

男性恐怖症なゆりは、母親と弟の三人暮らし。そこに学校イチのモテ男、皐月が居候としてやってきた！　不器用だけど本当は優しくけなげなゆりに惹かれる皐月。一方ゆりは、苦手ながらも皐月の寂しそうな様子が気になる。ゆりと同じクラスの水瀬が、委員会を口実にゆりに近付いてきて…。
ISBN978-4-8137-0745-5
予価：本体500円＋税

ピンクレーベル

NOW PRINTING

『ひーくん注意報発令中!!!（仮）』ばにぃ・著

高1の桃は、2つ年上の幼なじみで、初恋の人でもある陽と再会する。学校一モテる陽・通称"ひーくん"は、久しぶりに会った桃に急にキスをしてくる。最初はからかってるみたいだったけど、本当は桃のことを特別に想っていて……？ イジワルなのに優しく甘い学校の王子様と甘々ラブ♡
ISBN978-4-8137-0744-8
予価：本体500円＋税

ピンクレーベル

NOW PRINTING

『魔法が解けるまで、私はあなたに花を届け続ける（仮）』湊祥・著

高1の桜は人付き合いが苦手。だけど、クラスになじめるように助けてくれる人気者の悠に惹かれていく。実は前から桜が好きだったという悠と両想いになり、幸せいっぱいの桜。でもある日突然、悠が記憶を失ってしまい…!? 辛い運命を乗り越える二人の姿に勇気がもらえる、感動の青春恋愛小説！！
ISBN978-4-8137-0746-2
予価：本体500円＋税

ブルーレーベル

書店店頭にご希望の本がない場合は、
書店にてご注文いただけます。